公主傳奇

26

·公主變身小廚神·

馬翠蘿 著

新雅文化事業有限公司
www.sunya.com.hk

人物簡介

周曉星

周曉晴的弟弟，一個風趣幽默的淘氣精，不時有天馬行空的奇怪想法。

馬小嵐

來自香港的烏莎努爾公主，聰明美麗、正直善良。敢於向困難挑戰，最喜歡說的話是「天下事難不倒馬小嵐」。

❖ 周曉晴 ❖

馬小嵐的好朋友，漂亮活潑，喜歡打扮，最常做的事是和弟弟鬥氣。

✦ 萬卡 ✦

烏莎努爾公國第十九代國王，風度翩翩、英勇果敢。是國民眼中的好君王，小嵐和曉晴曉星心目中的暖心大哥哥。

目錄

第一章
被遺棄在異時空的小孩

「嗚嗚嗚，姊姊，好冷啊！我的手都僵硬了，不能動了。這些碗你洗行不行？」

「嗚嗚嗚，弟弟，我也冷啊！我的手都裂開口子了，泡在水裏疼得鑽心。還是你洗吧⋯⋯」

「嗚嗚嗚，可憐的姊姊。算了，我是男孩子，我應該保護女孩子的。這碗，我包了，姊姊，你回房去暖和暖和吧！」

「嗚嗚嗚，不幸的弟弟，這碗和碟子堆得小山一樣，你一個人得洗到什麼時候？算了，我還是跟你一塊洗吧！」

「姊姊，你真好！」

「弟弟，你也不錯！」

「嗚嗚嗚，抱抱求安慰！」

廚房裏，一男一女兩個小孩兒擁抱着，哭得肝腸寸斷。

這兩個小可憐是誰呀？當然是讀者熟悉的人了！難道是曉晴曉星兩姊弟？不會吧，這兩人在家是父母的心肝寶貝，在烏莎努爾是公主的死黨兼好友、尊貴的晴小姐和星少爺，怎會淪落到如此悲慘的境地呢？

　　「小嵐姊姊呀！」男小可憐在哭喊。

　　「小嵐啊！」女小可憐在嗚咽。

　　「你在哪裏？快來救救我們呀！！」男的和女的小可憐同聲哀叫。

　　咦，真的是曉晴曉星哦。發生什麼事了？

　　原來曉晴曉星跟着小嵐回到三國，見證了曹沖稱象，又在一場驚天大疫症中，拯救了千萬漢朝人民，立下了大功。功成身退，他們悄悄地啟動時空器返回現代。

　　沒想到，那時空器不知哪條筋抽了，竟然不遵守遊戲規則，半路上把他們扔了下去。曉晴和曉星好歹落在一處，而小嵐就不見了蹤影。

　　小氣兼該死的時空器，不就是你老讓我們摔痛小屁屁，我們把你埋怨了一下嗎，你就這樣報復呀！

　　掉落的國家叫「大食人共和國」，兩人把腦袋裏

的歷史知識搜刮了幾遍，仍想不起這有着古怪名字的國家究竟是什麼鬼地方。而周邊的國家也全是沒聽過的，顯然到了一個不屬於他們原來世界的異時空。

不過，這裏人們的衣着打扮，風土民情，倒是很像中國的民國時候，連統治者也是叫大總統，使用的錢幣也是叫銀元。

本來，既來之則安之，想辦法回去就是了。作為穿越資深人士，他們每次去到陌生地方，還不是逢凶化吉、回到未來？

但這次不同啊，簡直應了「福無雙至，禍不單行」這句話。一，三人組的主腦小嵐失蹤了；二，時空器在降落時弄丟了；三，因為實在太餓，兩人被人販子的一隻燒雞腿所誘惑，竟然中了圈套，被人販子賣到京城市副市長趙恆府中做僕人，在廚房負責洗洗涮涮。

從少爺小姐到奴僕，這是多大的反差啊！要知道，他們倆長了十多年，還沒洗過一隻碗呢！

零下十多度的寒冷天氣，兩人在刺骨的冷水中，洗那沒完沒了的碗碟——趙府上上下下二十幾口人，要洗的餐具和廚具還是蠻多的，自小嬌生慣養的兩姊

弟哪吃過這苦頭！

　　在這悲慘的時刻，他們格外想念小嵐。如果小嵐也在的話，憑她的聰明智慧，決不會落到如此地步的！起碼不會被一隻雞腿誘惑到。他們現在不想幹也不行，要拿錢來贖身呢，但現在身無分文，一點辦法都沒有。

　　「小嵐姊姊啊！」

　　「小嵐啊！」

　　兩人悲聲哀號，簡直聽者傷心，聞者流淚。

　　「誰在這裏鬼叫，作死呀！」忽然聽得一聲大吼。

　　一個身材胖得像個水桶般的年輕女子，一手叉腰，一手指着曉晴姊弟大喝，嚇得兩人立刻用手搗嘴，不敢作聲。

　　這人叫胖姑，趙府的廚師。趙府有兩名分工不同的廚師，一個專給主人做飯，另一個就專責給府中僕人做飯。胖姑就是給僕人做飯的。

　　「原來是你們兩個小鬼！怎麼才洗了這麼點？你們在繡花嗎？看你們那嬌氣模樣，還以為自己是王子公主呀！快點快點，洗好才可以睡！」

　　胖姑說完，扭扭胖胖的身體，轉身走了，走了幾

步，又扭過頭來，兇巴巴地説，「別再鬼叫。再叫，毒啞你們！」

直到那水桶般的身體消失在黑夜中，兩人才回過神來。

「好兇！」曉晴嘀咕着。

「兇死了！」曉星埋怨着。

活還得繼續幹。兩人洗碗真的像繡花那樣慢，兩個小時後，才把那座「餐具山」消滅掉了。

把洗好的碗碟搬進廚櫃，兩人才舒了口氣。

曉晴捶了捶發痠的胳膊，有氣無力地説：「好累，咱們趕緊回去洗洗睡吧！」

曉星扭了扭酸痛的腰，説：「嗯。姊姊拜拜！」

兩人住的地方不同，曉晴住在西面的女僕人房間，曉星住在南面的男僕人房間。

曉晴突然想起什麼，她叫住曉星，又從衣袋裏掏呀掏，掏出兩顆糖。她把一顆遞給曉星：「楊伯給的，給你一顆。」

楊伯是趙府的管家。

曉星接過糖，感動地説：「姊姊，你真好，我以後再也不説你刁蠻了。」

曉晴也破天荒溫柔地說：「嗯，我以後也不敲你腦袋了。」

「姊姊——」

「弟弟——」

如此「姊友弟恭」，老天爺再不表示感動都說不過去了，硬是擠了些眼淚出來，於是，「嘩——」，下雨了。

「跑哇！」

兩人慌不擇路，跑回各自房間。

曉星換下了打濕的衣服，累得不想動了，臉也不洗，便想躺下睡覺。

每間僕人房住六個人，睡的是大通舖，即六個人都在一張牀上睡。曉星的牀位在中間位置。先睡下的伙伴把曉星睡的地方佔去了一半，只剩下不到半尺的空間，曉星挪死豬一樣，好不容易才把旁邊兩人挪開了一點，然後躺了下去。

肚子裏發出咕咕咕的抗議。胖姑做的飯一點不好吃，沒滋沒味的，一點都不香。要不是怕餓死了回不去現代，曉星打死也不會去吃的。每頓勉強吃一點，很快就餓了，所以常常有腹中空空的感覺。

希望睡着了不知道餓。曉星用被子把頭一蒙，把耳朵和周圍的鼻鼾聲、夢囈聲隔絕開去，很快進入了夢鄉。

第二章

好吃的一品鍋

天沒亮，曉星被凍醒了。

他睜眼一看，蓋在身上的被子不見了，再轉頭瞧瞧，被子被睡旁邊的一個叫四豬的家伙緊緊抱着。

「嘿嘿，把被子還我！」曉星把被子扯了扯。

「唔，別鬧，睏死了！」四豬轉了個身，把曉星的被子壓了一半在身下。

「給我！」曉星又拉了拉，被子紋絲不動，壓得更緊了。

「真是隻『死豬』！」拿不回被子，曉星只好把昨晚脫下的衣服全穿到身上，抵擋寒冷。

但仍然是冷，曉星半睡半醒的，一直睡不好。直到天色大亮，睡醒的四豬發現自己無意中掠奪了別人的被子，心中有愧，便蓋回曉星身上，曉星才睡了一會兒好覺，但很快又被人叫醒了。

叫醒他的是四豬，四豬告訴他：「快起來！今天

14

是冬雪節，我們主人善心，給所有僕人放假，讓我們都能去城西逛集市看表演，下午三點前回府就可以了。」

「冬雪節？什麼怪節日？」曉星迷迷糊糊的，沒聽過呀。

四豬很奇怪地看着他：「你是剛從深山出來的野人嗎？連冬雪節也不知道。這是我們國家的一個傳統節日呀！這天大多數人都會走出家門，反正都不會呆在家裏。或去廟會，或去賞梅花，或去登山。我最喜歡就是去廟會，廟會可熱鬧了，有賣吃的，有賣用的，有賣穿的，還有人說書，有戲班演戲，有馬戲團動物表演，哇，簡直太棒了！不去你會後悔一整年。」

「嗤，這有什麼好看的，你去過時代廣場、新城市廣場沒有，全世界的東西都有得賣；你去過紅磡體育館沒有，數之不盡的歌星開演唱會，一場又一場你看不完；看過電影《復仇者聯盟》沒有？那場面的震撼……什麼戲班子，一邊玩兒去！」曉星嘟嘟嚷嚷說着，又用被子蒙住了腦袋。

四豬聽傻了：「時代廣場？演唱會？《復仇者聯

盟》？什麼玩意兒？」

他搖搖頭，追在小伙伴後面，玩兒去了。

曉星一直睡到中午才醒來，他舒舒服服地伸了個懶腰。好舒服啊，幾天來的疲累好像全消失了。

這時肚子又咕咕地叫了起來。早飯沒吃，而現在已是該吃中午飯的時候了，得趕緊起來找點東西吃。

起牀急急洗漱後，便向廚房方向走去。平日熱鬧的趙府這時靜悄悄的，只遠遠見到一個護衛在巡邏。想是如四豬所說，都出門去了。

雖然才來了幾天，曉星卻聽過不少趙副市長的好話，說他為官清正，對下人也很好。現在看來傳說不假，會在節日給僕人放假，讓他們出去玩，這年頭實在少見啊！

突然想起姊姊曉晴，不知她有沒有跟着大隊出門，按她喜歡逛街購物的喜好，應該不會放過這機會吧？

很快到了廚房，往裏面瞅瞅，鬼影都沒有一個。令他驚喜的是，一張長長的桌子上，堆放了好些食材，想是昨天晚飯用剩的。

哈哈，該是大飽口福的時候了。這幾天吃那胖姑

煮的異常難吃的飯食，已經到了忍無可忍的地步，今天終於可以隨心所欲，為自己做點好吃的了。

曉星喜滋滋地去瞧那些食材：大白菜、寬粉條、豬肉，又見到一個大盆裏有炸好的豆腐和肉丸⋯⋯

曉星靈機一動，就地取材，不如做個「一品鍋」。曉星本身是個「吃貨」，最近跟着嫣明苑廚房的大廚學了一些菜式，這「一品鍋」就是其中一個。

於是，他拿了一些大白菜，洗好切成塊狀，拿了一些蔥切成蔥花，又拿了一小塊五花肉切成薄片，取了一些炸肉丸和炸豆腐塊，以及寬粉條，還有幾個蘑菇。

曉星開始美滋滋地炮製美食了。首先將大白菜塊、粉條用開水煮軟，撈出待用。接着在鍋裏倒入食油，當油六成熱時將肉片及蔥花同時放入鍋中炒，等蔥香味開始散發時放入豆瓣醬，翻炒出味，隨後將大白菜、粉條放入鍋內翻炒。

之後加入幾碗水，水開後加入醬油、鹽、調味粉、炸肉丸、炸豆腐塊、蘑菇，大火燉五分鐘，再用小火燉十五分鐘。

鍋蓋一掀，曉星就忍不住口水直流，好香啊！

又自我讚美了一句：哇，我好厲害啊！

　　留了一碗給姊姊曉晴，再給自己盛一碗，也不顧燙嘴，便大嚼起來。

　　「嘿，在偷吃什麼！」突然一聲清脆的聲音，把曉星嚇了一大跳。嘴裏還沒咀嚼的大半個肉丸一下滑進了喉嚨。

　　「咔，咔，咔！」曉星拼命往外吐，又用手指去摳喉嚨，好不容易才把那大半個肉丸吐了出來。

　　他氣惱地看向聲音發出的地方。

　　門口站着一個大概十歲左右的小姑娘，身穿藏青色的裙子，留着蘑菇頭，圓臉蛋大眼睛，長得很可愛。

　　「想要人命嗎？」曉星氣不打一處來。

　　小姑娘一開始見曉星臉紅脖子粗的樣子，也嚇了一跳，見他沒事，才鬆了口氣：「別賴我，你自己做賊心虛嘛！」

　　「我才不是賊！」曉星氣呼呼地說，「今天放假沒人做飯，我自己做菜自己吃，不行嗎？」

　　小姑娘忽然抽了抽鼻子：「你在吃什麼？怎麼這樣香？」

曉星用手護住大碗：「一品鍋。是我的，沒你份！」

小姑娘眼睛一亮：「一品鍋？我還沒吃過呢！能給點我嗎？」

曉星脖子一擰：「不給，誰叫你說我是賊。」

小姑娘拉了張凳子，坐到曉星對面，扭着身子說：「我要吃我要吃我要吃！我道歉不行嗎？我以後再不說你是賊了。給我吃點，好不好嘛？」

「沒見過這麼饞嘴的女孩子。」曉星看了小女孩一眼，心軟了。他把留給姊姊那碗菜拿來，放到小姑娘面前。等會再給姊姊做吧！

「啊，這碗全給我？」小姑娘喜出望外，她拿起筷子和湯匙，小口小口地吃了起來。

「好吃，好吃！」女孩瞇着眼睛，臉上露出無比幸福的神情。

哼，真是個吃貨！曉星心裏暗笑。然後自己也埋頭吃自己那碗。

呼嚕呼嚕，兩人連湯帶菜，很快大碗就見了底。

「哇，好舒服！」兩人異口同聲地說。

沒想到大家感受一樣。兩人愣愣地看着對方，好

一會兒，才哈哈大笑起來。

他鄉遇知己，人生一大幸事啊！

「幸會幸會，我叫曉星！」

「幸會幸會，我叫桐桐！」

第三章

神仙的小徒弟

「小哥哥，這一品鍋真是你做的，真好吃。比府裏的那些大廚做的好吃多了。」桐桐雙手托腮，大眼睛一眨一眨的，眼裏的粉紅心心「嗖嗖嗖」地向曉星發射。

曉星小尾巴一翹一翹的，吹起牛皮來了：「當然。我還會做很多菜呢！從一到十都會。」

桐桐眼睛一眨一眨地看着曉星，疑惑地問：「從一到十的菜？那是什麼菜呀？」

曉星得意洋洋地開始吹牛皮：「聽着，那就是一品豆腐、二龍戲珠、三鮮魚餃、四喜丸子、五味果羹、六福糕點、七星脆豆、八寶烤鴨、九轉肥腸、十味魚翅。」

桐桐的嘴巴張得都可以塞進一隻雞蛋了：「哇，小哥哥好厲害呀！這些菜，我連聽都沒聽過呢！你真的全都會做呀？」

「當然。」其實曉星說少了兩個字，他應該說「當然不是」。

因為他只會做其中的一品豆腐呢！不過，在小妹妹面前，不會也要說會的哦！

桐桐光是想想那些名字就知道很好吃了，她說：「小哥哥，以後能做給我吃嗎？」

「以後再說吧。」曉星瞧了瞧桐桐，說，「不過，你得先擦擦你的嘴，流口水了。」

「啊！」桐桐臉上一紅，趕緊用手擦擦嘴角，「沒有啊！」

曉星裂開嘴：「哈哈哈……」

桐桐嘟着嘴：「你捉弄我！」

她拿起一根黃瓜，朝曉星扔去。

曉星一把接過黃瓜：「哈哈哈，好啦，我做一個美味冷盤，向你賠禮好了。」

「那還差不多。快做快做！」桐桐嚥了一下口水，眼巴巴地看着曉星。

「看好，別眨眼！」曉星將一根黃瓜洗乾淨，用刀背把黃瓜拍鬆，再把黃瓜籽去掉，切成小塊，放在碟子裏。又拿了一顆蒜和一隻辣椒，剁碎，下油鍋煎

炸出香味，然後再把蒜頭、辣椒與黃瓜攪拌均勻，最後淋了點生抽和醋。

「這菜叫『拍黃瓜』，快嘗嘗！」曉星把碟子放到桐桐面前。

「謝謝！」桐桐愉快地執行小哥哥命令，用筷子夾起一塊黃瓜，放進嘴裏，「哇，太好吃了！」

眨眼功夫，整碟黃瓜就進了小吃貨的肚子裏。

小吃貨吃得飽飽的，她心滿意足的摸着肚子，眼睛瞇着，看上去很像一隻吃飽喝足的懶貓咪。

她好像想到了什麼，好奇地問：「曉星哥哥，你廚藝這麼厲害，是誰教你的？」

曉星亂編一通：「嘿，那就說來話長了。話說十年前，有一次我閒得無聊，坐在家門口那棵歪脖子樹下發呆，突然遠處走來一位仙風道骨的白鬍子伯伯，伯伯一見我便大吃一驚，說我骨骼清奇，實是世間不可多得的奇才，然後哭着喊着，非要教我一門絕世功夫。我實在無奈，就隨便選了廚藝一項。於是，伯伯便這樣那樣，這般那般，教我如何做絕世美食。」

桐桐張大嘴巴，下巴都快掉到桌子上了：「原來你的廚藝是神仙教的，怪不得這麼厲害！」

「嘿嘿嘿！」曉星仰天奸笑，心想這異時空的小孩子真好騙啊！這也信？！

「噢，大事不好！」曉星看看掛在牆上的時鐘，突然想起了什麼，「得趕快給姊姊做點好吃的，胖姑做的飯吃得她快瘋了。」

「好啊，快做快做！」桐桐眼睛一亮，她太想看看曉星又弄出什麼絕世美食。

大隊人馬很快就回來了，得做點好吃又容易做的。曉星想了想，說：「對，就做雞蛋脆餅。」

曉星找來一些麵粉、四個雞蛋，還有白糖、黑芝麻，然後把這些材料全部混合攪拌均勻後，便開始製作了。

先把平底鍋刷上油，不等油熱，便從盆裏舀出一勺蛋麵漿來，往油鍋裏一倒，鍋裏便出現了一個薄薄的片兒，然後又用筷子輕輕地一撩，一捲，一個黃澄澄、香脆好看的薄蛋卷就做成了。

「哇，哇……」隨着桐桐的一聲聲驚呼，曉星很快做出了十幾個雞蛋卷。

看着碟子裏堆成小山般的雞蛋卷，桐桐急不及待拿了一個往嘴裏送，又香又脆，濃濃的雞蛋味，香香

的芝麻味，簡直沒有更好吃的了。

「嗯、嗯、嗯、嗯……」桐桐吃了一個又一個，嘴裏還一邊發出意義不明的聲音。

曉星見碟子裏的東西以肉眼可見的速度消減着，急忙拿起碟子，往身後一藏：「喂，快讓你吃光了。我得留點給姊姊。」

桐桐意猶未盡地盯着曉星放在身後的手，看上去還想吃：「我、我再要幾個行嗎？」

曉星堅決地搖搖頭：「不行，你都吃了快一半了，還沒吃夠嗎！」

桐桐眼裏滿是懇求：「我想拿幾個給我爹爹吃。」

原來是想孝敬長輩，這小孩不錯。曉星點點頭，說：「好吧，那給一半你拿走。咦，你爹爹是誰呀？」

桐桐說：「我爹是趙恆。」

「趙恆？！」曉星眼睛睜得大大的，趙恆不就是副市長，也即是這趙府的主人嗎？

原來這小吃貨是趙府大小姐。

這時突然聽到趙府大門方向傳來喧鬧聲音，桐桐高興地說：「一定是爹爹回來了！」

她端起曉星給她的那碟雞蛋卷，用小手帕蓋好，一陣風似的跑了。

　　桐桐這邊剛離開，曉晴就來了，睡眼惺忪的樣子，看上去剛睡醒。

　　「咦，姊姊，你沒去逛廟會嗎？」曉星問道。

　　曉晴一臉的輕蔑：「嗤，有什麼好看的，我有時間不如睡個美容覺。」

　　她的眼睛像探照燈一樣，一下照到了桌上那碟蛋卷，不禁大喜：「啊，雞蛋卷，給我！」

　　曉星狗腿地把碟子遞給姊姊，説：「我做的。專門留給你。」

　　曉晴一把奪過碟子，抓起一個就吃。咔嚓咔嚓，簡直停不下來。

第四章
禍從天降

「爹爹！」趙桐桐跑到大門口，見到了從外面回來的父親趙恆，還有她的三個弟弟妹妹。

桐桐的母親一年前因病去世，父親疼惜自己的四個兒女，怕他們抗拒後母，便一直沒有再娶，決心一個人撫養子女長大。

「爹爹，你嘗嘗這雞蛋卷，很好吃呢！」桐桐拿起一個雞蛋卷遞給趙恆。

「呵呵，桐桐真乖！」趙恆笑呵呵地伸手去接。

就在趙恆伸手的剎那，突然聽得一聲大喝：「罪犯趙恆，我等在此等候多時，還不俯首就擒！」

桐桐嚇了一大跳，手一抖，碟子砰一聲跌落地上，雞蛋卷掉了一地。

還沒等她回過神來，就見到一名軍官帶着三四十名帶刀士兵，朝他們一家圍了上來。

趙恆見這情形，神色大變，但卻沒有絲毫畏懼，

他圓睜雙眼，衝着那個軍官，質問道：「本官從政多年，為國家盡忠，為民眾盡力，鞠躬盡瘁，從不敢懈怠。不知因何事要抓我？」

那名軍官冷笑一聲：「你裏通外國，泄露國家機密，罪無可恕，還敢詭辯！」

「什麼，裏通外國，泄露國家機密？！」趙恆恍如晴天霹靂，無法相信自己耳朵，他大聲叫道，「我要見大總統，我要問個明白！」

「大總統很忙，是你隨時能見的嗎？走吧！」軍官一揮手，一輛車子開了過來，幾名士兵粗暴地把趙恆推上了上去。

「爹爹，不許抓我爹爹！」嚇呆了的桐桐，這時才醒悟到發生什麼事，她尖叫着向車子撲了上去。

「爹爹，爹爹你去哪……」另外三個較小的孩子，哭着喊着，跟在桐桐後面跑。

趙恆一臉的悲憤，他雙手扒着車窗，對孩子們說：「回家吧，爹爹沒有罪，很快會回家的。你們好好的在家等着，等爹爹回來。」

車子開動了。

「不能走，爹爹不能走……」

孩子們想追上去，被士兵們拉住了。

趙恆在車子裏拼命喊道：「桐桐，要帶好弟弟妹妹。柏柏，柳柳，楓楓，你們要聽姊姊的話……」

載着父親的車子越走越遠，漸漸看不見了，孩子們哭倒在地。

當曉星和曉晴聽到外面情況不對，跑出來時，剛好見到桐桐跪在地上，邊嗚嗚地哭着，邊撿起散落地上的雞蛋卷：「爹爹，雞蛋捲可好吃呢，你怎麼不吃一口就走了？爹爹啊！」

曉星慌忙跑過去，問道：「發生什麼事了？」

桐桐見到曉星，哭得更大聲了：「曉星哥哥，我爹被抓走了！」

趙副市長被抓，趙府馬上亂套了。沒有女主人，大小姐桐桐又只是一個十歲的小姑娘，遇到事情只會哭。幸好老管家楊伯臨危不亂，一面讓人照顧好府中小姐少爺，一面安撫嚇壞了的丫環小廝，讓雞飛狗跳的趙府勉強安定下來。

也許是曉星有個「神仙徒弟」的光環在，又會做好吃的，桐桐對曉星很是信任和依賴，非要曉星和曉晴留在他們住的院落，陪伴他們兄弟姊妹。老管家不

明白大小姐為什麼這樣喜歡兩個在廚房幹活的小僕人，但也不好違抗主子的意思，也就由得他們了。

桐桐下面三個弟妹都很小，大弟弟趙柏柏八歲，處在懂事和不懂事之間，爹爹被抓後一直死死地抿住嘴巴，一聲不吭，但明顯看出他在強忍眼淚；妹妹趙柳柳六歲，嬌滴滴的膽小鬼加愛哭鬼，自出事後一直淚汪汪地拉着大姊姊的手不肯放手，姊姊去哪她就跟到哪；小弟弟趙楓楓只有五歲，胖嘟嘟的可愛小包子，好像不大明白究竟發生了什麼事，老是問哥哥姊姊們，爹爹坐車車上哪去了？今晚還會給他們講睡前故事嗎？

曉星和曉晴都很同情那四個可憐的小孩，為了哄他們開心，曉星給他們講了一個又一個故事，曉晴就給他們唱了一首又一首好聽的兒歌，出盡渾身解數，才哄得孩子們破涕為笑，最後乖乖地各自回房睡覺。

安頓好孩子們，曉星和曉晴準備回房休息，路過偏廳時，見到管家楊伯一個人坐在黑暗中，黯然流淚。

「楊伯。」曉星喊了一聲。

楊伯抬起頭，見是曉星姊弟，抬手用袖子擦了

擦了眼裏的淚水，説：「謝謝你們了。要不是你們，幾位少爺小姐，真不知怎樣熬過這一天呢！想不到，在老爺落難時，是你們兩個小孩子出手幫忙。可恨有些人，枉老爺平時對他們這麼好，大難臨頭卻跑掉了。」

曉晴曉星這才想起，自出事之後，就不見了平時頤指氣使的那兩個小管事。

曉星拍拍胸口説：「楊伯，以後你有什麼需要幫忙的，儘管找我們好了。我和姊姊幫你！」

楊伯搖頭嘆息：「謝謝你們。唉，我只是年紀老邁的老人一個，夫人去世了，老爺出了事，少爺小姐又小，我現在千頭萬緒，真不知接下來怎麼辦才好呢！」

曉晴想了想，説：「楊伯，我給你個建議。老爺一定也有些朋友吧，你明天天亮就去找他們打聽，看老爺究竟因為什麼事被抓，事情嚴不嚴重，才好決定怎麼設法營救。」

「姊姊，什麼時候變這麼聰明了！」曉星聽了朝曉晴豎起大拇指，又對楊伯説：「我也贊成姊姊的建議。楊伯，你怎麼看？」

楊伯臉上露出了笑容：「好，曉晴姑娘這方法好。我記得老爺有個姓吳的相熟朋友在總統府做事，我明天一早就去找他打聽。」

　　曉星打了個呵欠，說：「楊伯，那我們先去休息了。你也早點睡吧！」

　　楊伯說：「好的，我再去各處巡邏，然後就睡。」

　　曉晴和曉星跟楊伯說了晚安，就回自己屋裏了。

　　第二天下午，曉晴和曉星帶着四個小孩玩老鷹捉小雞遊戲，孩子們都玩瘋了。大冷天出了一身汗，曉晴怕孩子們着涼，便叫僕人帶他們去換衣服，自己和曉星坐在樹下休息。這時楊伯慌慌張張跑了進來。

　　「大事不好！那位吳先生說，老爺是被牽進了一宗重大間諜案。京城市長張高，收受賄賂，充當經濟間諜，把機密的經濟情報出賣給一個貿易對手國家，致使國家經濟蒙受重大損失。大總統大為震怒，設立專案組審訊張高，命令務必揪出隱藏的同案犯。結果張高供出十多名官員，其中竟然有老爺。」

　　「吳先生說，大家都知道我們老爺是正直善良、忠心為國的一個好人，怎麼會做出賣國家的事，但張高一口咬定不放。聽說，這宗案子大總統已經下令

從嚴處理，涉案人等全部判死刑，不准上訴，秋後處決⋯⋯老爺啊！」楊伯老淚縱橫，渾身打顫，「怎麼辦呢？少爺小姐還這麼小，他們已經沒有了母親，現在眼看又要失去父親了！」

曉星和曉晴面面相覷，不知怎麼辦才好。簡直是草菅人命啊，怎可以憑張高一面之辭，就可以判定趙恆有罪呢！

楊伯強忍悲痛，又說：「吳先生真是好人，他在天牢找了關係，允許我帶大小姐去獄中探老爺，我得馬上帶大小姐出發了。」

曉晴和曉星只好安慰楊伯，事情還沒到絕境，好人有好報，一定還有辦法的。

楊伯擦擦眼睛，苦笑着說：「希望承你們貴言，老爺會逢凶化吉。」

楊伯說完，急急地找桐桐去了。

第五章
無家可歸

楊伯和桐桐是傍晚時回來的，桐桐眼睛紅腫着，相信是哭了很久；而楊伯就一臉哀傷，樣子好像一下子老了十年。

曉星正焦急地等在大門口，一見他們回來，馬上迎了上去，關切地詢問趙恆情況。

楊伯神情沮喪地說：「老爺已知道事情不好了，他交待了後事……」

桐桐一聽「後事」兩字，不禁又大哭起來：「爹爹呀，爹爹呀！我要爹爹……」

曉星不知說什麼好，只好去安慰桐桐：「桐桐別哭，現在離秋後還有好幾個月，我們一起想辦法，事情會有轉機的。」

曉星正要再說幾句寬慰的話，讓桐桐和楊伯放心，這時，見到一個看門的男僕人慌慌張張跑來：「楊伯，楊伯，有人來了，有很多人來了，好兒的

人！」

楊伯一愣，問道：「是什麼人？來幹什麼？」

僕人害怕地說：「不知道，好像聽他們喊了一句，什麼『抄家』。」

「抄家？！」不管是楊伯，還是桐桐、曉星，都驚呆了。

曉星心想，也太趕盡殺絕了吧，人都抓了，還要抄沒財產，這讓人怎麼活呀！

三人匆匆趕到趙府門口，一隊人馬已迫不及待要衝進府裏了。

桐桐衝了過去，張開兩手，攔住領頭的人，喊道：「你們來幹什麼？不許進，不許進！」

領頭的是個中年人，他把手裏一張黃色的紙揚了揚，說：「奉大總統命令，抄沒罪人趙恆家產，包括府第及府內一切財物。趙府上下人等速速離開，不能帶走府中任何物品。」

說完，手一揮，手下幾十名士兵開始驅趕趙府的人，曉星拼命護住桐桐和楊伯，但畢竟人小力微，很快就和其他小廝丫環一起被趕出了大門，由幾名士兵看守着，不許走動。

「弟弟妹妹他們還在裏面，他們會害怕的！」桐桐突然想起了什麼，驚慌地喊了起來。

「啊，姊姊！」曉星也想到了和孩子們在一起的曉晴。

桐桐衝向大門，曉星也跟着跑了過去，但被士兵攔住了。

桐桐哭喊着：「我要進去，我要去找弟弟妹妹！」

士兵不為所動，只是不讓進。

這時聽到了小朋友的哭聲，一看，正是曉晴帶着柏柏、柳柳、楓楓，被士兵驅趕着往大門這邊來了。

「姊姊！」曉星不顧一切過去，「姊姊，你沒事吧？柏柏你們別怕！」

曉晴把手裏抱着的楓楓交給曉星，一臉的惶恐：「嚇死了，一大幫人衝進來，就趕我們走。什麼人哪，太野蠻了！」

柳柳和楓楓哭得一臉眼淚鼻涕，柏柏小臉蒼白但又忍着不哭，看上去可憐極了。小姊姊桐桐張開手抱住他們，放聲大哭。

「好了，全出來了。你們走吧，這房子沒收了，你們自己找地方住，快走快走！」那個該死的中年人

走出來，朝趙府的人揮了揮手，然後讓士兵把大門開上了。

趙府上下幾十口人，惶惶然站在大門外，不知所措。

「楊伯，你怎麼了？」曉星突然發覺身邊的楊伯不對頭，他臉色蒼白，嘴唇發紫，一隻手摀住胸口，身體搖搖欲墜。

曉星趕緊放下抱着的楓楓，伸手扶住楊伯，曉晴也走過來幫忙，兩人把楊伯扶到一棵大樹下，讓他坐了下來。

「楊伯，楊伯，你不要有事，你有事我們就沒人照顧了……哇哇……」四個小孩子跑了過來，圍着楊伯哭。

曉星和曉晴有點手忙腳亂，這裏不是現代，可以立即打電話叫救護車，把病人送院救治。他們又不懂醫，只能乾着急。

這時他們不約而同又想起小嵐來了。

要是小嵐在，她肯定懂得處理。小嵐懂得很多醫學方面知識呢，她是跟畢業於醫科大學的萬卡哥哥學的。

「噢，我有瓶藥油！」這時曉晴突然想起，自己口袋裏有一小瓶提神醒腦的藥油，還是在烏莎努爾穿越時，她怕「暈時空器」，特意放在口袋裏的。

曉晴把藥油塗在楊伯的鼻子下面，還有兩邊太陽穴，過了一會兒，楊伯終於悠悠醒了過來。

楊伯平時身體還算不錯，剛才因為又氣又急，一口氣上不來，所以昏倒了。

看着眼前四個一個比一個小的少爺小姐，楊伯老淚縱橫：「小姐，少爺，你們別害怕！我會好好的，留下一條老命，照顧好你們的。」

楊伯扶着樹幹站了起來，對那班惶恐不安呆在一旁的僕人說：「你們走吧！老爺説了，你們的賣身契約將自動取消，你們自由了，不再是趙府的奴僕，你們自尋生路去吧！」

「啊，真的？！」

「老爺真是大好人哪！」

趙府的僕人都又驚又喜，因為他們都是被賣到趙府的，按法律就要一輩子在趙府做僕人，不得離開，如想離開就得拿一大筆錢贖身。現在聽楊伯説給他們自由，但又不用給贖身錢，都有點不相信自己耳朵。

不過，興奮過後又有點捨不得，不知以後還能不能碰上像趙副市長這樣的好僱主。

僕人們流着眼淚和少爺小姐道別後，紛紛離開了。只留下了趙家四個孩子和老管家楊伯，另外就是根本無處可去的曉晴曉星。

桐桐惴惴不安地看了看曉晴曉星，小心地問道：「你們也會離開嗎？」

曉星看看曉晴，兩人會意地笑了笑，曉星對桐桐說：「我們不走，留下陪你們。」

桐桐這才鬆了口氣：「真好。謝謝你們。」

桐桐又問楊伯：「楊伯，天快黑了，我們現在怎麼辦？」

楊伯看了看身邊包括曉晴曉星在內的一大幫未成年人，不知怎麼辦才好。

他摸了摸身上，一個銅錢都沒有，真不知接下來的日子怎麼過。

曉星看見楊伯苦惱的神情，也猜到發生了什麼事，想起不遠處有座小破廟，便說：「天快黑了，我們不如先找個地方落腳。附近有座小廟，我們可以去那裏休息，其他事等會兒再說。」

「好，就這麼辦。」楊伯也沒其他更好辦法，便點頭贊同。

　　那座小廟他知道，又破又舊，四處漏風，但總比露宿街頭好一點啊！

第六章

母親的遺囑

曉星抱着楓楓，楊伯抱着柳柳，曉晴一手拉着桐桐一手拉着柏柏，老老少少七個人，走了半個小時才到了那個小破廟。大家都累壞了，全坐到地上，喘着大氣。

小廟只有五六百呎，因為沒有人打理，供奉的神像殘破不堪，已難以看出本來面目了。小廟的大門已不見了，風從那個大門洞嗖嗖地往裏鑽。不一會兒，外面又滴滴嗒嗒下起雨來。

「冷！」柳柳抱着姊姊桐桐，喊着。

「我也冷！」楓楓小腦袋埋到曉星懷裏。

被趕出來的時候，大家都只是穿着家常衣服，怎抵得這荒野夜晚的刺骨寒風。

人人都抖啊抖的，大家只好擠在一起互相取暖。

咕咕，咕咕咕，咕咕咕……

什麼聲音在此起彼伏？

「我餓……」楓楓抬起頭，嘟着小嘴對曉星說。

楓楓的話提醒了大家，還沒吃晚飯呢！肚子咕咕咕地提出抗議了。

桐桐問楊伯：「楊伯，附近有賣吃的嗎？可不可以買點吃的回來？」

楊伯苦着臉說：「沒有錢呢！」

「哦。」桐桐應了一聲，眼睛紅紅的。

七個人不是老就是少，在這樣寒冷的夜晚，還餓着肚子，真不知能不能捱到天明。曉星好擔心啊！

突然，聽到一陣腳步聲由遠而近，踩在落葉上發出「沙沙沙沙」的聲音。大家往門外一看，只見一個長長的黑色的影子，慢慢地往小廟這邊移來。

「鬼啊！」曉晴這膽小鬼首先叫了起來。

「啊，鬼？」桐桐和柳柳也尖叫起來。

連楊伯也嚇得臉色慘白，兩眼死盯着門外。

只有曉星和柏柏兩個小男子漢不怕，警惕地看着那黑影。楓楓睜着圓溜溜的大眼睛看着，他是不知道怕。

黑影走到離小廟五六米遠的地方停了下來，好像在猶豫。曉星鼓起勇氣，喊了一聲：「什麼人？！」

那黑影説話了：「請問是趙副市長的家人嗎？」

咦，來找他們的！

楊伯鼓起勇氣説：「你找趙家的人有什麼事？」

黑影説：「兩年前，我受趙夫人所託，她留下一些東西，讓我交給她的兒女。」

「啊，是我娘讓你來找我們的？」桐桐十分驚喜，她大聲説，「請進來，我是桐桐。」

黑影一聽，馬上快步走進小廟，脱下穿着的雨衣，原來是一位年約三十歲的阿姨。只見她穿着緊身黑色衣服，英姿颯爽的，像是行走江湖的女俠。

桐桐性急地問：「請問娘留了什麼給我們？你為什麼要過了兩年才來？」

女俠阿姨朝小廟中人抱拳行禮，然後説：「我跟趙夫人相識多年。兩年前，趙夫人在病中悄悄出府見我，將一封書信留給我保管，説是趙副市長為人耿直，得罪過許多權貴，怕有一天會遭人報復。她説如果萬一趙府出事，就把這封信交給她的子女。早兩天，我聽聞有軍隊包圍趙府，抓走趙副市長，今天又有軍隊去趙府抄家，整家人被趕出家門。於是，我便拿了信到處找你們，幸好有你們的鄰人指點，我才尋

到這裏，找到你們。」

女俠阿姨從背包裏拿出一個大信封，交給桐桐。

「啊，是我娘的字跡！」桐桐看着信封面的字，悲喜交加。

「這我路上買的一些包子，可以用來充飢。」女俠阿姨又遞給桐桐一包東西，然後說，「我的任務完成了，請各位保重。我走了！」

桐桐十分感動，朝女俠阿姨深深鞠躬，說：「謝謝阿姨仗義幫忙！」

「謝謝阿姨！」一班小孩七嘴八舌地喊着。

楊伯也激動地朝女俠拱手：「謝謝幫忙。請問高姓大名？日後有機會讓小姐他們報答你。」

「應該的，不用報答！」女俠阿姨看着眾人，微笑着說，她又用手摸了摸桐桐的頭，「我相信趙夫人在天之靈一定會保護你們的。希望在人間，好好活下去。」

說完，轉身走出小廟，很快就不見了人影。

「姊姊，快看看娘寫了什麼！」柏柏和柳柳楓楓圍了上來。

桐桐的手顫抖着，打開了信封，從裏面抽出一張

紙，唸道：「我兒桐桐、柏柏、柳柳、楓楓，當你們看到這封信時，家裏一定是出事了。別傷心，別難過，日子還得過下去。保護好自己，想辦法救你們爹爹。冬天過後就是春，一切會好起來的，娘在天堂為你們祈禱。隨信有一份房契和一些錢，希望能幫助你們好好活下去。」

「娘啊……」姊弟四人抱頭痛哭。

旁邊的曉晴曉星，還有楊伯都在擦眼淚，太感人了！這趙夫人是多麼聰明睿智的一位偉大母親啊，已經不在人世了，卻還能為兒女留下一片綠蔭，為他們遮風擋雨。

桐桐抽泣着，從信封裏拿出一張一百兩的銀票，一串鑰匙和一張房契，房契的戶主名字那欄，寫着趙桐桐、趙柏柏、趙柳柳、趙楓楓四個人的名字。

孩子們有地方落腳了，楊伯心中大定，他趕緊打開那袋包子，說：「大家都餓了，快吃吧！」

在這苦雨淒風的夜晚，因為有了趙夫人濃濃的愛，有了女俠阿姨的熱包子，大家好像覺得不那麼冷了。吃完包子，大家互相依偎着，度過了漫漫長夜。

第二天一大早，楊伯就叫醒了孩子們。小廟四處

透風，不是久呆的地方，得趕快帶他們去夫人留下的房子。

老老少少一行七人又上路了。

從小破廟到趙夫人留下的房子不太遠，只是隊伍中有幾個小孩子，所以走得有點艱難。幸好中途遇到一個好心的趕車老伯，載了他們一段路，所以很快就到達了目的地。

房子坐落在一條叫做臨江坊的寬闊大街上，是一幢兩層高的小樓，打開門走進去，只見一樓是沒有裝修過的，是一整個大約兩三千呎的大堂，二樓就分隔成十個小房間。

桐桐帶着弟妹一樓二樓跑上跑下的，都十分興奮，雖然這裏比不上之前住的趙府，但經歷了昨晚的那個小破廟，他們已經覺得很滿意了。

楊伯臉上沒有了昨天的愁苦，孩子們有了棲身的地方，一切就有了希望。他對曉星和曉晴說：「我們得去買些日常用品。曉星，你跟我一塊去吧！曉晴，你留下來照顧小姐他們。」

「好的。」曉星和曉晴異口同聲說。

第七章
風一樣的女漢子

重置一個家真的不容易，光是廚房用品，什麼鐵鍋呀、鍋鏟呀、碗呀筷呀，瓶瓶罐罐呀，就買了一大堆。這裏沒有送貨服務，買東西回家還真是很不方便。楊伯把兩塊大布包袱放在地下，把東西往上面放，然後把包袱的四隻角一紮，包了起來。

兩個小山般大的包袱，一人背一個。但曉星是未成年人，楊伯是老人家，背這樣又大又重的兩個包袱，真是太艱難了！

曉星和楊伯互相看看，咬咬牙，正準備把包袱扛起來。突然，有個水桶般的龐大身影衝過來，把兩人嚇了一跳。又聽到哇的一聲，有人大哭起來：「楊伯呀，我找你們找得好慘呀！」

兩人定睛一看，啊，這不是胖姑嗎？

只見她砰一下跪在地上，哭得口水鼻涕都出來了：「老爺啊，少爺小姐啊，怎麼我一不在，你們就

出事了呢！早知道我就不請假去看朋友了！嗚嗚嗚，如果我在話，誰敢抓走老爺，誰敢欺負少爺小姐，看我這兩百多斤不撞死他……」

楊伯看着沾了胖姑許多眼淚鼻涕的衣服，嘴角一扯一扯地痙攣着。他看看四周圍觀的人，尷尬地說：「胖姑，胖姑，你先起來，好好說話。」

「嗯。」胖姑抽泣着，站了起來，又問道，「少爺小姐呢？他們沒嚇壞吧？沒有了我煮的美食，他們一定食不下嚥。」

「沒事，沒事，他們很好，別擔心。」楊伯拍拍胖姑的背，說，「夫人生前給他們留了一幢房子，還有一些錢，暫時還過得去。」

胖姑高興地拍着手，還掛着眼淚的臉笑開了花：「我之前擔心死了，怕他們餓壞了，凍着了。我們的新家在哪兒？我得趕快回去給他們做好吃的。」

曉星在一邊一直沒作聲，心裏想，沒想到這狂妄自大又傻傻的傢伙，還挺有良心的，明明知道趙家已經萬劫不復，還忠心地找了來。

楊伯說：「我和曉星買了一些用品，正準備回去呢！」

胖姑好像才發現了曉星，把他上上下下打量了一遍，說：「小子，沒想到你還留了下來，有義氣。胖姑收你當小弟，以後護着你！」

曉星撇撇嘴，你為自己是黑社會大姐大呀，還收小弟！

胖姑看見地上兩個大包袱：「楊伯，這就是剛買的東西？好，我來拿。別指望這小子能幫上忙，看他細皮嫩肉、胳膊細得火柴棒似的，能有多大勁。」

說完，她一手拿起一個包袱，帥氣地甩到兩邊肩膀上，然後蹬蹬蹬地走了。

曉星目定口呆地看着，哇，厲害，簡直是一輛人型運輸車啊！

風一樣的女漢子胖姑，背着兩個大包袱蹬蹬蹬往前走着，曉星和楊伯空手都沒她走得快。

經過家具店，楊伯又買了牀和一些的家具。幸好家具可以送貨，不然即使有了胖姑這「人型運輸車」，也搬不動那些東西。

回到家，桐桐和弟妹們見到胖姑，都很高興，多了個熟悉臉孔讓他們感到多了一份安心。

胖姑喜動，天曉得她那巨大的身軀怎麼會這樣靈

活，反正見她不停地上躥下跳的，一會兒出現在一樓，一會兒出現在二樓，自她回來後，家裏熱鬧多了。

不過，說真話，這胖姑也挺能幹的，反正她在小樓裏這樣上躥下跳了一個多小時，就把楊伯買回來的東西全都擺在了它們應該呆的地方，趙夫人留下的房子基本上有了「家」的模樣。

一切安排妥當之後，胖姑站在樓下大廳振臂高呼：「又到了胖姑施展拿手好戲的時候了，少爺小姐們，你們等着！」

胖姑說完，就竄到了廚房。

廚房的案桌上放着楊伯剛買回來的食材，胖姑一看——大白菜、五花肉、炸肉丸、炸豆腐塊，還有寬粉條，五六個蘑菇。

胖姑撓撓頭，零零碎碎的一大堆東西怎麼做菜？

這時桐桐領着曉星走了來，桐桐說：「胖姑，讓一讓。你去隔壁小廚房煮飯，菜由曉星哥哥來做。」

「什麼？！」胖姑驚呼一聲，小山似的身軀把廚房門一攔，就像國王保護自己的領土一樣。她悲憤地質問，「為什麼？」

桐桐指指案桌上的食材，説：「這些食材是我特地讓楊伯買回來的，讓曉星哥哥做很好吃的一品鍋呢！」

「一品鍋？連我這麼厲害的大廚都沒聽過。」胖姑把臉轉向曉星，「小子，別糊弄少爺小姐們。」

曉星挑挑眉毛，沒説話。

桐桐拍拍胖姑的胖手，説：「他沒糊弄我們，真的很好吃，我吃過。」

胖姑不敢違抗小姐，但又不甘心，她衝着曉星威脅道：「如果做得不好吃，揍死你！」

曉星聳聳肩，説：「少操心，隔壁煮飯去！」

胖姑嘴巴嘟得長長的，走了。

桐桐眨眨眼睛：「要幫忙嗎？」

曉星揮揮手説：「不用。越幫越忙，去外面等吃吧！」

桐桐一邊往外走，一邊説：「快點哦！」

曉星信心十足地開始了炮製美食。一品鍋是他的拿手好戲，閉着眼睛也不會失手。

洗呀洗，切呀切，炒呀炒，最後放進鍋裏燉呀燉，哇，香氣襲人。

門口有人鬼鬼祟祟地偷看，聽那沉重的腳步聲就知道是個很有「分量」的人。接着聽到有人哼哼唧唧地說：「聞着香不等於好吃，別高興得太早了！」

曉星一回頭，卻「嗖」地一下子不見人了。

倒是胖得身手靈活。

半小時後，曉星端着一大鍋的一品鍋，從廚房走了出來：「可以吃囉！」

早就圍坐在小桌子前的孩子們馬上歡呼起來。大概是曉星做菜這段時間桐桐不遺餘力地給一品鍋「賣廣告」，孩子們一見曉星出來就兩眼放光芒。

「哇，好吃好吃！」

「曉星哥哥棒棒噠！」

熱騰騰、香噴噴的一品鍋，讓大家吃得停不下來，差點連舌頭都吞進肚子裏了。

楊伯發現胖姑呆在廚房沒出來，便喊道：「胖姑，快來吃飯！」

「我不出！」從廚房傳出胖姑寧死不屈的聲音，「我用醬油下飯就挺香的。」

楊伯搖搖頭，又呼呼呼吃了起來。

除了曉晴只是吃得剛剛飽之外，其他人都吃到直

不起腰才放下了筷子。

　　萬卡總怕小嵐吃不慣烏莎努爾的菜式，因而嫣明苑的主廚是從中國請來的頂級好手，曾經做過國宴的大廚，所以早把曉晴的嘴吃刁了。曉星這道一品鍋，在她嘴裏只能算是「可以」。

　　楊伯怕孩子們吃撐了，便帶他們出去散步消食。

　　趙夫人買的那幢小樓位置挺不錯的，前面就是一條波光粼粼的河流，河邊楊柳依依、綠樹成蔭，河上白鵝游曳、帆影處處，總之是風光無限。走了一大圈，柳柳、楓楓説累了，一行人便回家去。

　　一推開大門，大家的眼睛都不禁睜大了——只見剛才還信誓旦旦不會吃一口一品鍋的胖姑，這時卻坐在桌前，津津有味地吃着剩下的小半鍋一品鍋。聽到開門聲音，胖姑轉頭看過來，頓時瞠目結舌，嘴裏的一顆肉丸「噗」一聲掉回鍋裏……

第八章
令人口水直流的中華美食

下午，楊伯讓桐桐帶着柏柏、柳柳、楓楓上樓午睡去了，然後招呼曉晴、曉星和胖姑坐下，說是商量事情。

楊伯說：「有件事我得告訴大家，因為購置家居用品，夫人留下的錢已用了差不多一半，以現在的生活水平，估計一個月後錢就會用光了。」

曉星、曉晴和胖姑聽了，都發起呆來。現在有八個人吃飯呢，沒有錢怎麼辦？

楊伯看了大家一眼，說：「我有個想法，我和胖姑可以出去找工作，每個月的薪酬用來養家。曉晴曉星年紀小沒人請，就留在家裏照顧少爺小姐他們。」

胖姑把胸口拍得嘭嘭響：「行！像我這樣的大廚，一定會很搶手的。只是楊伯你年紀大了，找工作不容易。算了，你就留在家裏吧。養家的事，我來負責！」

曉星瞅瞅胖姑，女漢子挺講義氣的哦，還有那份不知從哪來的自信實在難得。

楊伯歎了口氣，他也明白胖姑說的沒錯。像自己這樣六十歲的老人，已到退休年齡了，找工作真有點難呢！

曉星眨眨眼睛，眉頭一皺，計上心頭，他一拍大腿，興奮地說：「咱們不去打工，咱們自己做生意、當老闆，怎麼樣？這樣就不害怕年紀大小的問題了。」

「做生意、當老闆？！」在場的人都眼睛一亮。

胖姑最興奮：「好好好！小時候就有算命先生說我是大富大貴、做老闆的命呢！」

楊伯看看曉星，遲疑地說：「我說曉星，我們得實際點。不是剛剛跟你們說過手上錢不多了嗎？做生意要有本錢才行啊！」

「我這種生意本錢不用太多，而且錢賺得快，可以說是上午花出的錢，當天就回來了。想知道是什麼生意嗎？」曉星搖頭晃腦的，故意賣個關子。

「是什麼生意呀？死孩子，快說，急死人了！」曉晴忍不住賞了曉星腦袋一個炒栗子。

曉星腦袋一縮，生氣地說：「姊姊很了不起嗎？就會欺負人。」

　　胖姑跟曉晴同聲同氣：「打得好，來來來，讓我也敲你一下！」

　　「休想！」曉星摸着頭，哼哼了幾聲，說，「我們可以開一家飯館。」

　　曉晴眼睛一亮：「開飯館不錯哦！可以賣些美容湯水，那我就可以保持漂亮皮膚了。」

　　楊伯搖搖頭說：「不行。開飯館要有地方，要租一處能開飯館的地方，不便宜啊！萬一生意不好，可能連租金都不夠呢！」

　　曉星打量着屋內環境，說：「其實我們這幢房子就很適合做飯館，一樓設堂食，二樓一間間小房間，正好用作包間……」

　　胖姑瞪大眼睛：「啊，那我們住哪呀？」

　　曉星說：「我們可以在附近租一間小點的房子，住得下就行。一般的平房，租金應該不會太貴。」

　　胖姑大聲說：「不可以的！少爺小姐們之前住花園房子，現在住這兩層的小樓已經很難為他們了，還要讓他們蝸居在平房裏，這怎麼可以！」

楊伯摸摸下巴的鬍子，沉思了一會兒，點點頭說：「我覺得曉星這辦法可以考慮。少爺小姐都很懂事，他們不會計較住的地方的。」

曉星興奮地「耶」了一聲。

楊伯接着說：「不過，人手方面可能有問題。因為開飯館最要緊是上菜快，等上半天才有吃的，誰會來光顧啊！我們就這幾個人，曉星和胖姑負責做菜，我和曉晴做侍應，那也要有人打雜呀！切呀洗呀這些活，也得有三四個人才能勉強應付得來。」

曉星神神秘秘地說：「我們這家飯館，不用廚師。」

「啊，不用廚師？！」楊伯和胖姑都傻了，連曉晴也有點莫名其妙地盯着弟弟。

胖姑圓睜雙眼：「開飯館不用廚師？小弟，請問這是哪一國的風俗？」

曉星胸膛一挺，說：「中國的風俗！中國美食文化千變萬化，不用廚師有什麼奇怪。」

曉晴見曉星故作玄虛，剛要再賞他一個炒栗子，但她突然想起了什麼，喃喃地說：「中國美食？不用廚師？哦，我明白了，臭小孩，我知道你想幹什麼

了，你想專賣火鍋！」

「哇，姊姊，你越來越聰明了！」曉星誇張地張大嘴巴。

「火鍋？」楊伯和胖姑好像沒聽過。

看來這國家根本沒有火鍋這種美食。

曉晴解釋說：「火鍋就是把肉呀魚呀菜呀這些食材洗好切好，不用廚師烹飪，就生的端出去給客人。」

楊伯一臉疑惑，而胖姑就直接跳了起來：「生的讓客人吃？那不變成野人了！」

曉星瞪她一眼，說：「嘿，誰說要生着吃！是這樣的，我們會另給客人上一個鐵鍋……」

胖姑又跳了起來：「啊，上生的肉和菜，又再上一個鐵鍋？哇哇哇，怪不得你說不用設廚師，原來把鍋拿去讓客人自己煮呀！天哪天哪，胖姑要昏倒了！」

曉晴受不了胖姑一再打斷，喊道：「閉嘴，再大驚小怪的，小心本小姐的無敵鴛鴦腿！」

曉晴說完，擺了個武打片裏常見的姿勢。

儘管是軟手軟腳的，但曉晴那個英姿颯爽的姿

勢，對胖姑來說還是很有震懾作用的，她急忙捂住嘴巴：「女俠饒命，胖姑不說話就是。」

「我們上的鐵鍋，是盛着美味湯底的，讓客人在湯底把生的食材燙熟來吃。其實這就是火鍋最大的特點——現燙現吃。試想一下，像現在這樣的寒冷天氣，對着熱氣騰騰的火鍋，邊煮邊吃，暖哄哄，多麼的舒服啊！」曉星瞇着眼睛，做出一副陶醉的樣子，「還有，火鍋的食材可以多種多樣，天上飛的地上跑的，海裏游的地上種的，海鮮、家禽、蔬果等，凡是能用來製作菜餚的原料，幾乎都能用作火鍋主料。還有火鍋的湯底，紅湯汁，白湯汁，辣的和不辣的，麻辣或清淡，也有很多選擇。新鮮的食材在好味的湯裏燙熟，再沾沾準備好的醬汁，比如蒜泥、豉油、花生醬、芝麻醬、甜醬、辣醬，哇，簡直人間美味、妙不可言……」

曉星說到這裏，竟然失禮地流出了口水。他正在尷尬時，忽然發現對面三個人嘴角到下巴處，不約而同出現了一道亮閃閃的「小溪流」，不由得指着他們，哈哈大笑起來。

對面三個人見到曉星大笑，才醒覺過來，尷尬地

擦去了口水。

這就是中華美食的魅力啊，聽聽都會流口水。

曉星繼續說：「做火鍋絕對是投資小、見效快。設備投資少，日常菜品損耗小，消費多為素菜和方便食品；經營管理費用低，不用專職的廚師，用工少。日常經營管理也相對簡單。這些特點都正好解決了我們現在本錢不多、人手少的狀況。」

楊伯眼裏露出興奮的光，等曉星說完，他說：「好好好，非常好，謝謝曉星給了這很好的建議。明天我們再跟大小姐說一聲，就馬上籌備開辦專做火鍋的飯館。」

胖姑的腦袋點得像小雞啄米似的，她完全被曉星說的這種火鍋迷住了，要知道她本身也是一枚吃貨呀！

於是大家安排了分工，曉星成為飯館經理，胖姑和曉晴配合他。楊伯仍是趙家總管，照顧好整個家的事務之外，也會在飯館幫忙。

桐桐聽了開飯館的事，高興極了，連聲說「支持支持支持」。她似乎比所有人都心急，一個勁地問曉星要多少天才能讓飯館開始營業。她還搶着要給飯館

起名字，就叫「好味道飯館」！

大家熱火朝天地做着開火鍋店的準備工作。

首先要在附近找住的房子。也真是幸運，到房子介紹所一問，剛好附近就有一間近兩千尺的平房要出租，大家跟着中介人去看過，覺得挺不錯，於是就趕緊租了下來。這房子離趙夫人買的房子很近，走路五六分鐘就到了，真是最合適不過。

住的地方有了，就馬上把東西都搬了過去，開始把兩層的小樓按飯館的布局裝修。首先把廚房擴闊了，把之前家庭用的模式改成可以多人一起工作的大廚房。

除了楊伯負責督促裝修外，其他人也都各自忙碌起來了。曉星畫了火鍋的圖樣，找了全城最大的一家打鐵舖子，讓他們在三天之內造五十個火鍋；曉晴負責去家具店訂購飯館用的桌子椅子；胖姑就跑菜市場和雜貨店，預訂了火鍋需用的食材和各種醬料。

而桐桐、柏柏、柳柳和楓楓就在一邊小幫忙、大搗亂。

所有人都很忙，但又忙得喜氣洋洋的。

第三天的傍晚，打鐵舖子的人把五十個火鍋送來

了，菜市場和雜貨店的人也把所需食材、醬料送來了，曉星決定晚上一顯身手，做火鍋給大家嘗嘗。

讓楊伯和曉晴洗了生菜、菠菜和菜芯，讓胖姑把豬肉、牛肉、魚切成片，曉星自己就開始製作火鍋湯底。

嫣明苑的大廚曾教給曉星幾十種湯底做法，曉星想了想，決定做一道濃香番茄火鍋湯底，這湯底酸酸甜甜的，又帶一點點辣，老少咸宜。

於是，曉星開始大顯身手了，他把大蒜用刀背拍碎切塊，把生薑切成薄片，接着又把洋蔥、香芹、番茄分別切好。然後洗淨鐵鍋，將切好的蒜、薑、芹菜入鍋炒香，再加番茄翻炒，倒入水，用小火慢燉。

「哇，好香啊！」廚房門口不知什麼時候擠了很多腦袋，要不是楊伯怕認為廚房有明火對小孩子有危險，把他們死死拉住，那四個小傢伙早已衝進去了。

曉星朝他們扮了個鬼臉，又開始精心炮製。這時番茄已經煮爛，曉星又再放上洋蔥、鹽、料酒，加入調味粉和一點點辣醬，香味更是越發濃鬱，讓人忍不住吞口水。蓋上蓋子再煮一會，曉星用一把小勺取些嘗味，覺得味道可以，便說：「好了，可以吃了！」

「噢噢噢！」小傢伙們一陣歡呼，轉身跑回大堂。

曉星把湯底倒進火鍋，捧着走出了廚房，而那股濃濃的香味，也被他帶到了大堂。這時胖姑也把火鍋用的肉和菜洗淨切好了，小傢伙們已經乖乖圍着桌子坐好，見到曉星出來，所有眼睛都嗖一下盯着那個火鍋。

曉星把火鍋放平穩，説：「吃火鍋最是逍遙自在，想吃什麼，只管往鍋裏扔就是。經過鮮美的湯底一煮，什麼食材都會立刻變得美味可口。唔，應該怎麼形容？對，我暫時想到了一個不算太貼切的形容句子：『化腐朽為神奇』。好了，大家可以開動了。」

桐桐和柏柏已迫不及待，用筷子夾起菜呀肉呀，就要往火鍋裏擱，但被曉星制止了：「小朋友吃火鍋要注意安全，不要靠火鍋太近，還有要請哥哥姊姊給你們夾菜。」

「你們都坐好，姊姊幫你們。」曉晴發揮大姊姊本色，讓孩子們坐好，自己就拿起筷子把食材逐一夾進鍋裏，片刻之後又從鍋裏夾出來，分給四個小朋友。

胖姑見到火鍋裏的牛肉片已捲了起來，捲起來就表示熟了，她迫不及待夾了一塊往嘴裏放，但馬上燙得跳了起來。

　　曉星教訓胖姑：「吃火鍋要注意，一要煮熟才能吃，否則會拉肚子的。二要小心燙到，夾起來要稍為晾晾才能吃⋯⋯」

　　回答曉星的是一片「呷呷呷呷」的咀嚼聲。

　　眼看那些香噴噴的食物在飛快地消失，曉星慌了，趕快加入了搶食的隊伍。

第九章
好味道飯館

這一天，陽光明媚，萬里無雲。

這一天，好味道飯館開張大吉。

上午十一點，臨江坊上空便彌漫着一股香味，那種香，是人們以往不曾聞到過的。

路人們抽着鼻子，順着那股香氣前行，來到了那幢兩層高的小樓跟前，發現香味就是從這裏傳出來的。

只見樓下的大門上方，橫掛着一塊扁扁長長的木牌子，上面寫着「好味道飯館」五個大字。

「咦，這房子以前好像一直沒人住的，沒想到現在成了飯館。」

「什麼菜這麼香？」

「咱們進去試試！」

「好啊好啊，我口水都流出來了。」

人們一開始站在門口好奇地瞧着，但禁不住那誘

人的香味，站着站着，雙腳就不自覺地動了，走入了
飯館。

楊伯出來迎客，笑瞇瞇地說：「歡迎歡迎，本飯
館今日開張，九五折優惠。」

「還打折？好好好，我們就坐下嘗嘗。」

很快坐下了五六桌客人。

一個客人問：「你們做的是什麼菜？這麼香。」

楊伯自豪地說：「我們做的是火鍋。」

「火鍋？什麼是火鍋？」

楊伯指指大堂一角：「你們可以看看那邊桌子，
那些孩子吃的就是火鍋。」

大堂的一角，曉晴和趙家四姊弟正圍坐在桌子
前，桌上有一個奇怪的「鍋」，鍋身是圓形的，直徑
約莫一尺左右，鍋中間還有一個十多公分高的錐形鐵
管，鍋的底座也是鐵製的，也是圓錐形，上窄下闊，
裏面是空心的，這就是老式的用木炭加熱的火鍋。
桌上還放着十多個盤子，碟裏裝着各種肉和菜。還有
五六隻小碟，裝着不同的醬料。

人們發現香氣就是從那「鍋」散發出來的，見到
曉晴正不時把碟裏的東西放進鍋裏，又不斷從鍋裏夾

出食物，放到四個孩子的小碗裏，四張小嘴巴咂巴咂
的，吃得津津有味。

「我也要那種火鍋！」

「我們也要！」

「給我們來一個！」

趙家姊弟的享受樣子，起了最理想的廣告功效，
客人們迫不及待地下單。令他們驚喜的是，東西並不
貴。

很快客人們又有了第二個驚喜，就是吃的東西來
得快，這邊剛下單，那邊就把東西捧上來了。

客人瞧瞧孩子們吃火鍋的樣子，也像他們那樣，
把食材放進湯裏，等一會兒再拿出來，蘸上醬料品
嘗。只覺得熱辣辣、香噴噴，簡直好吃得不要不要的。

「好吃，好吃！」叫好之聲響遍大堂。

客人們的吃相和叫好聲，又給在門外觀望的人起
了廣告作用，不斷有人走進飯館，很快幾十張桌子便
坐滿了人，樓上包廂也都慢慢坐滿。

因為湯底都是已經備好的，食材也是洗好切好
的，所以即使客人越來越多，曉星他們還是能應付。

客人來了一撥又一撥，又走了一撥又一撥，終於

忙到最後一桌客人離開，已是晚上十點多了。這時候，所有人都累得直不起腰來了。

負責收錢的楊伯忙着結算當天收入，當他數完錢後，興奮得一拍桌子，大聲說：「你們猜猜，我們今天的營業額是多少？」

曉晴嚷道：「楊伯，別賣關子了，究竟多少？」

楊伯伸出一根手指。

胖姑眨眨眼：「一銀元？」

楊伯搖搖頭。

曉星有點不肯定：「難道是……一百銀元？」

楊伯大聲說：「正是！」

大家都嚇了一跳，真有那麼多？！

「哈哈哈，真的是一百銀元呢！」楊伯高興得哈哈大笑，「除去成本，我們大約賺了五十銀元，這回我們一家子不用發愁生活費了。」

除開柳柳楓楓這兩個還不懂得為生活發愁的小孩子，包括八歲的柏柏和十歲的桐桐在內所有人，全都高興得合不攏嘴。

曉星曉晴兩姊弟互相看了看，心裏都鬆了口氣。說真的，自從趙副市長出事後，他們都挺擔心的，擔

心這一家子老的小的不知怎麼過活，而他們自己也不知如何在這異時空生存下來。

現在好了，可以慢慢地尋找小嵐，慢慢的尋找時空器，等待回現代的機會。

好味道飯館的美味火鍋越來越受歡迎，而曉星他們也不斷增加食材種類，不斷推出不同口味的火鍋。比如食而不膩、味美無窮的海鮮火鍋，麻辣醇香、有辣有不辣的鴛鴦火鍋，清香爽神、風味獨特的蘇杭菊花火鍋，風味別致、吊人胃口的羊肉火鍋……客人起碼有七八種選擇，全都別具風味、令人垂涎，美味的火鍋為人們所津津樂道。

其實中國火鍋分為六大派，共三十多個種類，蘊藏了數百種的菜餚，曉星弄的這些只是冰山一角罷了。

來光顧的客人越來越多，曉星他們幾個人漸漸忙不過來，是該考慮請員工的事了。

也真巧，有一天，來了五個人，在飯館門口東張西望的，想進去又不敢的樣子。這時楊伯剛好要出去辦事，一出門就讓這些人看到了，高興地喊了起來：「楊伯，楊伯！」

楊伯一看，覺得很意外：「阿金，四豬，你們怎麼來了？」

原來這些人都是趙府之前的僕人。趙府被抄家，他們被遣散，為了生計，他們又去找工作，可是一直沒找到合適的。

正在徬徨時，他們無意中聽到有人提起新開的一家專做火鍋的飯館，好像就是趙家人開的，就半信半疑地找了來，沒想到，還真找到了。

見到楊伯，他們好像見到親人一樣，眼淚汪汪的，都說想回來工作。飯館本來就打算請人，何況這五個人都是知根知底的，裏面還有三個是原來在趙府廚房工作的呢，所以楊伯一口答應了。那五個人高興得哇哇大叫，對着楊伯又是鞠躬又是敬禮，弄得楊伯哭笑不得。

「好了好了，要謝，便謝小姐少爺他們吧！他們才是你們的東家呢！」楊伯說完，又問道，「你們的薪酬我和大小姐商量後才能定下來，你們打算什麼時候上班？」

阿金幾個人七嘴八舌道：「馬上，馬上就上班！」

「不用薪酬，我們本來就是賣到趙家的，像從前一樣，管吃管住就行了。」

「好，我們現在正缺人手呢，你們就馬上上班好了。」楊伯接着説，「薪酬是一定要給的，老爺説了給你們自由，這話他不會收回的。今後，你們就以受薪伙計身分在飯館工作，除包吃包住之外，會再給工錢。」

「謝謝，真是太謝謝了！楊伯，請馬上帶我們去工作！」五個新伙計催着楊伯。

第十章
總統府的大小姐

這一天，天氣特別寒冷，曉星在被窩裏賴了很久才不得不起牀了。因為要早起為午市做好準備呢！自從開了這家飯館之後，曉星變得有擔當多了。

走進廚房，見到胖姑帶着人已經在整備食材。胖姑這傢伙，除了喜歡自吹自擂、遇事大驚小怪之外，人還是挺不錯的，特別是工作認真，從不吝嗇力氣。

曉星便開始調校湯底，自開張以來，他已經推出了十種不同味道的火鍋湯底，大受歡迎。準備妥當後，見到離營業時間還有大半個小時，便叫四豬替他弄個海鮮火鍋，打算吃了再開始工作。

四豬弄火鍋期間，曉星走出大門，站在屋外欣賞雪景。

昨夜下了一晚上的雪，大街上銀裝素裹，每一棵樹，每一幢建築物，每一條道路，都蒙上了厚厚的雪，看上去就像冰雕玉砌的童話世界。

曉星在香港長大，香港不會下雪，去到烏莎努爾，下雪的時候也不多，所以對下雪特別感興趣。當下玩心上來，他便彎下腰，準備砌個小雪人。

　　忽然，砰！

　　不知從哪裏飛來一個小雪球，正砸中他的後腦勺。

　　「誰？」曉星惱怒地一轉身，但身後人影兒也沒一個。

「倒楣！」曉星砌雪人的興致頓時沒了，他氣哼哼地轉身準備走回飯館。

沒想到，又是砰的一聲，後背又被砸了一下。

「是誰？讓小爺找到你，你就後悔出生在這世界上。」曉星氣得大喊，東張西望尋找「兇手」。

「是我！」隨着清脆悅耳的聲音，一棵樹後面跳出一個大約十一二歲的紅衣小女孩。

小女孩長得挺漂亮的，眼睛又黑又亮，像兩顆黑葡萄；嘴巴小小的，臉蛋紅紅的，穿一身火紅的連帽衣服，就像雪地上的小精靈。

曉星喜歡漂亮妹妹，但不喜歡欺負他的漂亮妹妹，正想狠狠地教訓這小東西一頓，誰知那小東西比他還狠，清脆的聲音說出很野蠻的話：「喂，你嚷嚷什麼？！站好，不要動，我要扔了。」

說完，舉起手裏的一個小雪球，就向曉星砸去。

曉星一閃，雪球擦着他的耳邊飛到後面去了。

「你！」曉星氣壞了，敢情你是要我站着不動給你當活靶子呀？休想！

小東西一跺腳：「誰叫你動了，站好，我再扔，肯定能中！」

豈有此理！曉星剛要教訓這不知天高地厚的小女孩，卻見到有兩名丫環模樣的年輕女子跑了過來，一見到小東西，便一副喜極而泣的樣子：「小姐，小姐，你幹嘛又跑了出來。總統府的人都在找你呢！」

　　總統府的小姐？曉星想，莫非這小東西是總統的女兒？

　　真不知她爹是怎麼教育子女的。連子女也教不好，怎麼治理整個國家。

　　「小姐，快回去吧！要是總統夫人知道，會打死我們的。」丫環苦苦相勸。

　　另一個丫環附和着：「是呀是呀！你上星期不聽勸自己跑去河邊玩，弄了一身水，回家感冒了。夫人怪罪下來，說我們沒照顧好你，打了我們一頓，身上還痛呢！今天剛下完雪路上滑，夫人不讓你出來，你又偷偷跑出來了，夫人知道會打我們的。求你了小姐！」

　　「不回去不回去！」小東西一跺腳，「我一點都不喜歡吃那些早餐，每天一個樣，吃得我想吐！」

　　真是個刁蠻任性的傢伙！只因為不喜歡吃那些早餐就離家出走，也不顧丫環死活。

曉星看了看錶，決定不跟這小東西計較了，轉身就朝店裏走去。並非因為她是總統女兒怕了她，而是要回去吃早餐，吃完就差不多到中午飯市時間了。

　　「啊——」身後一聲尖叫，嚇得他停住了腳步。

　　「咻」的一聲，有人風一般從身邊掠過，原來正是那小東西！見到她站在飯館門口，用手指着「好味道飯館」的招牌，兩眼放光芒：「好味道飯館，好味道飯館耶！不就是傳說中火鍋好好吃的飯館嗎？」

　　說完砰砰砰跑進了飯館，往靠牆的一張桌子旁邊一坐，大喊道：「來人哪！」

　　這時曉星走了進去，瞧她一眼：「那麼大聲幹什麼？這裏的人又不是聾子！」

　　小東西撇撇嘴，說：「我想吃火鍋。去，馬上替我把經理找出來。」

　　曉星哼了哼，說：「不找！」

　　小東西生氣地瞪了曉星一眼，小腦袋一扭，朝裏面大喊：「經理，經理！快給我出來！」

　　曉星說：「別再鬼叫了，我就是經理。」

　　小東西十分鄙視地朝曉星嗤了一聲：「就憑你這小屁孩，能當經理？！」

「四豬！」曉星喊了一聲。

「來了！」四豬捧着一個火鍋走出來，放在桌子上，點着火，而跟在後面捧着盤子的阿金，就把盤子裏放着的食材還有幾碟醬料放到桌上。

「經理，你的火鍋。」

曉星朝小東西挑了一下眉毛，得意地說：「聽見沒有？」

小東西嘟着嘴，嘟噥着：「騙人騙人，小屁孩當什麼經理！」

曉星沒理她，徑自坐到桌前，把食材放到香氣四溢的湯裏。海鮮火鍋的食材有螃蟹、蝦、魷魚、蛤蜊，還有新鮮香菇、大白菜、豆腐、粉絲、牛蒡。這種火鍋以海鮮為主要食材，可以避免多餘的調味料和添加劑，保持海鮮原有的風味。

小東西看得眼饞，她抽了抽鼻子，又嚥了嚥口水。

曉星夾起一片切得薄薄的牛肉片，放在醬汁裏蘸蘸，然後放進嘴巴裏，咂咂幾聲，發出一聲讚歎：「哇，簡直太好吃了！」

小東西又嚥了嚥口水，她指了指桌上的食材，

說：「那麼多你也吃不完，讓我吃點吧！」

曉星堅決地搖搖頭：「不行！」

「你！」小東西悲憤地指着曉星，臉上滿是控訴。

曉星又把一隻燙得又嫩又紅的大蝦放進嘴裏，故意發出響亮的咀嚼聲。

「壞蛋，不許發出聲音！」小東西快被氣哭了。

「咂咂咂……」聲音更大了。

小東西扁着嘴，快要哭出來了。

曉星瞅她一眼，說：「想吃就為剛才用雪球砸人的事道歉。」

「……」小東西想吃，但不想道歉。大總統的心肝寶貝，字典裏沒有「道歉」兩個字。

「很容易做到的事呀！只要向我鞠個躬，說：『對不起，我錯了，我小丫頭不懂事，大哥哥請原諒我吧！』只要你說了，我就把火鍋給你。看，很好吃的哦！」

小東西倔強地一直不說話，但眼睛裏的急切出賣了她。

「我不會向小屁孩道歉的。」小東西說完，把脖

子上一條名貴的金項鍊拿了下來，拎在手裏搖呀搖的，「把火鍋給我，這金項鍊歸你了。這項鍊能換很多錢哦。」

那金項鍊的價值足可以換一百個火鍋，但她一點不在意。

曉星瞟了金項鍊一眼，說：「我不貪錢，我只要你道歉。」

「哇……」沒想到，小東西腳一跺，哭了起來，邊哭邊嚷嚷，「你欺負人，想吃個火鍋也這麼難，我還沒吃過火鍋呢！」

小東西一哭，曉星就慌了：「別、別別，別哭嘛。唉，算了算了，我給你吃就是！」

「真的！」小東西破涕為笑，馬上坐到曉星對面，從桌上的筷子筒裏拿出一雙筷子，就要夾鍋裏的東西。

「慢着！」曉星喊了一聲。

小東西嘴一扁，哀怨地看着曉星：「還是不讓我吃嗎？」

曉星指指她臉上的眼淚和鼻涕：「先擦擦，太噁心了。」

「哦。」小東西聽話地拿出手絹把臉擦乾淨，然後又急忙拿起筷子吃東西。

嗖，一片肉片；嗖，一顆魚丸；嗖，一塊豆腐；嗖，一片羊肉……小東西的小嘴巴咂巴咂的，以驚人的速度進食着，還不時站起來瞄瞄火鍋裏還有多少食物。

曉星坐到她對面，好奇地盯着她油光光的小嘴，不知道這小東西怎麼這樣好胃口。

小東西發現自己被人盯着，心裏很不滿，但盯她的是自己的「米飯班主」，她不敢表示不滿，直到把所有食材一掃而空，她才把筷子一扔，氣呼呼地說：「喂，看夠了沒有！」

曉星聳聳肩，說：「沒看夠啊。真沒見過這麼饞的人。你真沒吃過火鍋？」

小東西一聽便紅了眼，委屈地說：「沒吃過，我娘不讓我吃。她說，火鍋油膩，會吃胖人。胖了，就不夠淑女了。」

「哦。」曉星有點同情。

小東西繼續說：「我不止沒吃過火鍋，很多東西都沒吃過，娘每天給我安排食譜，說是營養餐，但全

都是品種單調、沒滋沒味、油都沒一點的食物。嚶嚶嚶，一想起這些我好想死掉！」

小東西悲憤地控訴着。

「可憐啊！」身為吃貨的曉星，也為小東西灑上一掬同情淚。

姊姊曉晴之前曾經減肥，曉星親眼見到她每頓只吃一片不加醬的白麵包，一杯苦瓜汁或西芹汁。曉晴吃得眼睛發青，曉星看得臉色發白。

這時，一直站在飯館門口的兩個丫環走了進來：「小姐，快回去吧，再不回去，我們死定了。」

「你人不怎麼樣，但火鍋的確好吃。我叫丁一，我還會再來的。」小東西説完，把一雙小手擱在身後，趾高氣揚地朝店外走去，又成了之前那個小魔女。

走到丫環身邊，丁一説了一聲：「給錢。」

「哦。」丫環應着，拿出錢包。

曉星收了錢，朝站在門口滿足地摸肚子的丁一説道：「回去告訴你娘，你是自己跑出來的，不關丫環的事，免得你娘打她們。自己做的事要自己承擔的……」

丁一撇撇嘴：「關你什麼事！」

曉星說：「不關我事，但關你事。如果你的丫環有事，夜裏你會失眠的，那時你摸摸自己良心，有沒有被貓叼走了。」

「呸呸呸，我才不會失眠呢！你才失眠，你全家都失眠！」丁一小嘴劈里啪啦的，半點不饒人。

第十一章
不向惡勢力低頭

　　飯館生意興隆，一大家子總算生活安定，不愁吃穿了。

　　楊伯還把以前在趙府教少爺小姐們讀書的、一名姓王的先生請回來，讓他仍在府中執教。聽着家裏琅琅的讀書聲，楊伯禁不住熱淚盈眶，心裏默默念叨：老爺夫人哪，老楊總算沒有辜負你們所託，小主子們總算生活安定、衣食無憂。

　　只是趙恆的事實在令人揪心，打聽到的全是不好的消息。

　　出賣國家機密，那是死罪啊！只是趙恆是被冤枉的，但有誰相信呢？他是被那個證據確鑿的主犯指證出來的，而又沒有人來證明他的清白，如今真是百口莫辯，只能希望有奇跡發生了。

　　曉晴和曉星還多了一重心事，那就是小嵐和時空器的下落。

沒有了時空器，他們永遠回不了現代，而沒有了小嵐，他們即使找回時空器也不能回家，因為無論如何也不可以把好朋友遺棄在這異時空的。他們三個人一起出來，就要三個人一起回去。

　　可是，在這不知有多廣闊的異時空裏，他們不知怎樣去找尋，能做的只有一件事——等待。兩姊弟始終相信，天下事難不倒的馬小嵐，小福星馬小嵐，是一定能克服重重困難，找到他們的。時空器，也會在某個時刻，自己跑出來的。

　　日子在等待中一天天過去。

　　這天，下午兩點左右，正是中午飯市高峯期剛過的時候，曉星從忙碌中喘過氣，走出廚房，正想回二樓休息室歇歇。突然聽到有人喊：「喂，小屁孩，小屁孩。」

　　超級好聽的嗓音，惹人生氣的內容，不用問便知道是誰了。曉星扭轉身，果然見到丁一雙手放背後，趾高氣揚地走進了飯館，兩個丫環亦步亦趨地跟在她後面。

　　「給本小姐一個櫻桃火鍋，上次來吃的那種。要快，小心砸了你的店哦！」丁一指指曉星，然後大搖

大擺地走上二樓包間。

　　她第二次來飯館吃火鍋時，曉星把她帶上了二樓，所以這次她就熟門熟路，自己上去了。

　　「櫻桃火鍋？」負責下單的阿金撓了撓頭，店裏好像沒這種火鍋呀。

　　曉星搖搖頭，對阿金說：「給她寫一個菊花火鍋。」

　　丁一上次來吃的就是菊花火鍋。菊花火鍋盛行於晚清宮廷內，以鮮魚為主，火鍋內兌入雞湯滾沸，取白菊花瓣洗乾淨灑入湯內。待菊花清香滲入湯裏，再將生肉片、生雞片等入鍋燙熟，蘸汁食用，滋味芬芳撲鼻、別具風味。上次丁一來，吃得連耳朵都在動。

　　因為隨火鍋附送的水果拼盤裏有櫻桃，丁一就把菊花火鍋喊成了櫻桃火鍋。

　　曉星怕侍應應付不了那個小魔怪，就自己親自把火鍋捧上二樓去。

　　「哇，好香哦！」丁一拿起筷子，開始熟練地把食材往火鍋湯底裏放。

　　「慢慢吃。」曉星說完，也沒等丁一有什麼回應，就轉身走出包間。

「唔，走吧走吧！」丁一的眼睛已經黏在「噗噗噗」沸騰着的火鍋裏了，看也沒看曉星一眼，只是抬手朝他站的方向揮了揮。

曉星也沒理她，徑自去休息了。休息室在二樓的最後一個房間，是專門留着，給員工歇歇腳，喝口水的。

曉星無聊地躺在房間裏那張唯一的小牀上。這個國家各方面都挺落後的，大約只是中國明末清初的水平。電視、網絡、廣播電台統統沒有，唯一的娛樂就只有去戲院看戲，或者讀讀消閒小說。

不過那些所謂的大戲，表演水平怎樣不想去評鑒，那些舞台裝置和配樂就跟現代天地之差。

布景只是在一塊大幕布上用人手畫上家居布置或者各種場面，哪像現代，有舞台燈光和技術設備所營造出的五彩繽紛的震撼效果。至於樂隊，就只是單調的幾種樂器，咿咿呀呀悶到令人睡着。

本來看看小説也可以打發時間，但看多了世界名著和種類繁多的現代小説，曉星對這裏的所謂暢銷書簡直不屑一看，自己寫的也比它好看十倍。

曉星像一條擱在熱鍋上煎着的魚一樣，在牀上翻

來翻去。這時候,突然從樓下大堂傳來一陣喧嘩。

「我要找你們的負責人。」一把陌生的驕橫的聲音。

「我就是負責人……之一,你們有什麼事?」胖姑的聲音。

「嘁,你是負責人?笑話!快叫負責人出來,我們老闆有話要跟他說。」一把粗魯的聲音。

不好,有同行來挑釁?!

好味道飯館好評如潮,生意興隆,搶去了附近食店不少生意。所以楊伯曾經給曉星和胖姑提醒過,小心一些不良店家來鬧事。

楊伯今天一早又去找人打聽趙恆的案子,不在店裏,曉星便匆忙跑下樓,看發生了什麼事。

見到一個穿戴華麗的瘦子,後面跟着兩個兇神惡煞的跟班,正氣勢洶洶地跟胖姑等幾名員工對峙。

「什麼事?我是飯館的經理。」曉星擋在胖姑等人前面,大聲說。

「你是經理?」瘦子一臉不相信,上下打量曉星。

「沒錯,我就是經理。你們有什麼事,吵吵嚷嚷

的，看把客人都嚇跑了。」曉星不滿地説。

瘦子説：「好吧，就當你是經理，我就跟你説吧！我們金珠飯店，決定挑戰你們！」

「挑戰？」曉星困惑地眨眨眼睛，問道，「挑戰什麼？」

「廢話！飲食行業，當然是挑戰廚藝了。」瘦子一臉的鄙視。

曉星心想，你想挑戰，我還不想應戰呢！小爺偏不理你。

「我們不想參加什麼挑戰，你們請回吧！」

「哼，你新來的嗎？不知道這裏的行規嗎？如果不敢應戰的話，就請你們馬上滾出臨江坊，滾出京城！」瘦子惡狠狠地説。

「喂，你們還講不講道理！」曉星哪能接受這種屈辱，不禁大怒。

「不講道理又怎麼樣，替我砸！」瘦子話音剛落，兩個跟班一人抓起一張椅子，使勁往地上一扔，椅子碎成五六塊。

兩個跟班接着還想砸別的，從樓上扔下來一隻茶杯，哐一聲，嚇得跟班住了手。

砰砰砰，樓上跑下來一個小女孩，正是丁一。她氣呼呼地説：「住手，什麼人在這裏撒野，打擾我品嘗美味！」

「你管得着嗎？死丫頭！」兩個跟班根本不把丁一放在眼裏，還想繼續砸東西。

「停手！」瘦子急忙喝道。

又對丁一説：「大小姐，對不起對不起，不知道您在樓上。」

丁一皺着眉頭看了看瘦子，説：「你是誰？你認識我？」

瘦子一臉的諂媚，哈着腰對丁一説：「我是本城美食協會副會長范統，也是金珠飯店的老闆，前不久去總統府拜候總統大人時，見過小姐。」

「哦。」丁一下巴微揚，説，「范統，人家開門做生意，你們幹嘛來搗亂？」

范統説：「哦，是這樣的。小姐不知道有沒有聽過，我們京城的飲食行業有個規矩，就是可以相互之間挑戰廚藝，輸的一方，就要馬上關門，從此不得再涉足飲食業。」

丁一想了想，説：「好像是有這麼一回事。」

「小姐英明！小姐見多識廣！」范統馬上朝丁一豎起大拇指，大拍馬屁，接着說，「其實我今天是來向好味道飯館挑戰的。」

曉星一肚子火，這是什麼破規矩啊，挑戰也得自願呀！挑戰就一定要接招，輸了就要關門，有這麼坑人的嗎？！

「好啊好啊，比賽好好玩，我最喜歡看熱鬧了。」丁一眼睛一亮。她心裏還滿希望曉星輸的，她早就想看小屁孩的笑話了。

金珠飯店在本城十分出名，小屁孩肯定一敗塗地。難得可以看到小屁孩被虐呀，想想都覺得開心。只是丁一忘記了一件重要的事，飯店倒閉她就吃不到美味的火鍋了。

見到曉星不吭聲，丁一便來了個激將法：「喂，小屁孩，怎麼成膽小鬼了，不敢應戰？」

「誰說不敢！」曉星不知怎麼的，頭腦一熱，脫口而出。

被惡霸欺負，已經很氣人了，現在還被一個小丫頭鄙視，是可忍，孰不可忍！

哼，比就比，我曉星也要向小嵐姊姊學習，做天

下事難不倒的曉星！看我過關斬將，讓你那個什麼「金豬」變死豬。

「比就比，什麼時候？什麼地方？」曉星氣哼哼地說。

「明天下午四點。地點，白馬寺前的廣場。我們飯店的鄭大廚代表我們飯店參賽，你們店……」瘦子看了曉星一眼，又看了胖姑一眼，眼神充滿輕視。

曉星攔住了想站出來的胖姑，說：「我代表我們飯館。」

「好啊好啊，真是英雄出少年！我很期待這場比賽，鄭大廚會做出他最拿手的菜式的。噢，你們到時不會捧個火鍋和沒熟的材料出來應戰吧？」瘦子陰陽怪氣地說。

「這個我們自有分寸。你少擔心！」曉星不耐煩地說。

「那我們走了。按照規矩，明天上午我和公證人一塊來抽籤，看做哪一類食物。」范統朝丁一鞠了個躬，「大小姐，再會。」

「嘿嘿嘿，先別走！」丁一嚷道。

「大小姐，什麼事？」

「你們砸爛了人家的椅子，不要賠嗎？」丁一皺着眉頭說。

「啊？」瘦子尷尬地摸摸鼻子，「好，好，好，我賠，我賠。」

他從口袋裏拿出一個銀元，放在桌上，看看丁一。丁一搖搖頭表示不夠，他又再拿出一個銀元，放到桌上。

丁一點點頭，瘦子慌忙帶着兩個跟班走了。

「嘻嘻，兩個銀元，買四張椅子也夠了。」胖姑跑過去拿起兩個銀元，傻笑着說。

丁一得意地朝曉星揚起下巴：「小屁孩，快謝謝我吧！」

曉星哼了一聲：「謝你個頭！」

「小屁孩，好心沒好報！」丁一聳了聳鼻子，又說，「金珠飯店很厲害的哦，你輸了別痛哭流涕啊！哈哈，哈哈，哈哈哈……」

丁一幸災樂禍地笑着，轉身蹬蹬蹬跑上樓，繼續吃她的美食去了。

晚上，楊伯回來了。剛剛他又去找了趙恆的一些朋友，打聽有關案件會不會有改判的可能，但得到的

消息是已經成了鐵案，即是再沒有改變的可能。楊伯心裏一片冰冷，人也有點恍惚。

聽到范統來挑戰的事，楊伯心情更糟了，他說：「金珠飯店？我知道這家店，老闆叫范統，人品不好，有黑社會背景。在行業中經常欺負同行，聽說這一帶起碼有五六家飯館是被他以比賽為名，被逼關門的。金珠飯店的大廚廚藝了得，還拿過全國美食比賽第三名。我們跟他比賽，沒有勝算呀！」

曉星自知廚藝學得很窄，只是自己喜歡吃什麼就學什麼，所以會做的菜式並不多，要跟真正的大廚比，真的有點勉為其難。

但是，他並不怕。也許是跟小嵐相處久了，受了小嵐姊姊天不怕地不怕性格的熏陶，所以從不輕易認輸，也不肯向惡勢力低頭。

他對楊伯說：「楊伯，您不要長他人志氣，滅自己威風好嗎？范統要打垮我們，我們就偏要好好的。」

「不是楊伯對你沒信心，而是對手太強。」楊伯搖頭歎氣，「唉，老天怎麼就不讓我們好好過日子呢！如果飯館沒有了，真不知怎麼辦才好。」

胖姑及時跳了出來，她拍拍胸膛：「別怕，曉星不行，還有我呢！」

曉星和楊伯嫌棄地：「你？」

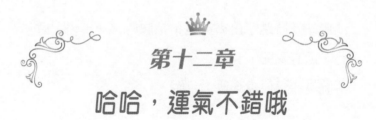

第十二章
哈哈，運氣不錯哦

　　比賽當天。上午八點，范統帶着一位六十多歲的老先生來到好味道飯館。除了曉晴帶着四個小孩子在家裏聽先生講課，楊伯和曉星、胖姑，還有那些伙計，都在等着。大家都挺擔心的，因為這飯館就是他們生存的依仗，如果沒有了，他們就又會面臨困境。

　　范統介紹說，這老先生姓陳，是當地一位區議員，是請來做這場比賽的見證人的。今天的抽籤，也是由這位老先生來抽。

　　「你們這裏的火鍋不錯啊，我也來吃過幾次呢！」陳議員笑嘻嘻地說。

　　楊伯朝陳議員拱拱手，說：「謝謝謝謝！小店能生存，都全靠街坊支持。」

　　曉星不滿地看着陳議員，小聲對楊伯說：「這陳議員看上去挺慈祥的呀，怎會摻和到這些強人所難的事情中？」

楊伯苦笑説：「你不明白。這裏的人都把各種競賽當成一件很時尚的事，飲食業有飲食業比拼，文人有文人間的文章、詩詞比拼，演藝界有演藝界的技藝比拼……」

曉星有點想不明白：「那所有競賽都和飲食界一樣，輸了就要退出行業嗎？這太不合理了。比賽的意義在於鼓勵進步，你追我趕，力求做到最好。而不是要把其他人打倒，只此一家，不許別人存在啊！」

楊伯無奈地説：「別的界別不會這樣你死我活的，只有飲食界，由像范統這樣的卑鄙小人把持着才會這樣。」

曉星氣憤地説：「哼，多行不義必自斃，他不會一直這樣好運氣的。」

這時跟着陳議員來的一個年輕人走過來，把手裏一個方方的箱子放到桌子上，箱子上面寫着「抽簽箱」三個字。

陳議員説：「你們雙方都來驗驗，看看有沒有問題。」

范統首先上前，把箱子打開，從裏面拿出四個一樣大小的小圓球，小圓球上面分別寫着「菜」、

「飯」、「點心」、「燉品」，也就是説，抽到哪個小球，就按小球上寫的範圍比賽。范統看看箱子沒問題，小球也沒問題，便點點頭。

輪到曉星檢查，他看了看四個小球，心想千萬別抽到炒菜和燉品，這兩類是自己的短板，學過的幾個菜式，都只是一般水平，無法跟人家大廚比拼的。

年輕人看到曉星也點了頭，便把四個小球都放回箱子裏，使勁搖了搖，然後放回桌上，對陳議員説：「可以抽了。」

陳議員拍拍手，表示手裏沒有夾帶，然後把手伸進箱子裏。他撈了撈，抽出一個小球。

曉星心裏暗暗唸叨：「小嵐姊姊啊，請把你的小福星運氣借給我一點點吧！」

陳議員的手一翻，亮出小球上的字——炒飯。

「噢——」曉星幾乎要仰天大笑，哈哈，自己運氣太好了！

要知道，曉星從嫣明苑大廚那裏成功學到手的絕技之一，就是蛋、炒、飯！他炒的飯，連嘴刁的小嵐和曉晴都讚不絕口。

自作孽，不可活。范統，真是天都要你亡啊！

曉星得意地瞅瞅范統，卻發現范統也喜上眉梢，咦，難道金珠飯店的那位大廚也擅長炒飯？

又瞧瞧楊伯臉色，很不好呢。

聽得陳議員說：「范老弟，你很佔便宜啊！記得你的飯館就有一道拿手的至尊炒飯。」

范統得意洋洋地說：「呵呵，我運氣好啊！」

陳議員有事先離開了，范統很得意地對曉星說：「小朋友，下午四點，白馬寺廣場，不見不散哦！」

范統似乎對自己獲勝胸有成竹，大笑着走了。

曉星問楊伯：「金珠飯店那道至尊炒飯，真的那麼美味嗎？」

楊伯點點頭：「是的，聽說是用了三十八種食材做成。雖然每碟賣二十銀元，很貴，但還是有不少人去嘗。」

二十銀元！按這時的幣值，一銀元可以買七斤豬肉。那二十銀元可以買一百四十斤豬肉了。買一百四十斤豬肉的錢才可以吃他一碟炒飯，這分明是搶錢呀！

那碟飯是用金子炒的嗎？！

事到如今，曉星反而不再忐忑了。不是有句話：

「簡單就是美」嗎？你用三十八種食材炒的飯，我用幾種就可以了，而且味道絕不比你差！哼，我們嫣明苑鄭大廚的獨門秘笈蛋炒飯，可是曾經征服了現代無數吃貨的胃呀，我就不信征服不了這個異時空國家的吃貨們。

曉星拍拍胸口說：「楊伯，您放心吧。天下事難不倒馬小嵐，噢，不是，天下事難不倒周曉星。不就是炒飯嘛，我會！你們擦亮眼睛，等着看我大展身手好了。好味道飯館不會關門的！」

嘩啦啦——曉星的話引來掌聲一片。一直提心吊膽的飯店伙計們，聽了曉星這句話，都稍稍放了心。

「曉星，今天下午，我們就不做生意了，我們全體去白馬寺廣場看你大戰金珠飯店！」楊伯被曉星的信心感染，也收拾鬱悶心情，大聲說道。

胖姑用她的大胖手一拍曉星肩膀，說：「好，要是你贏了，我就收你當徒弟。」

「哎喲！」胖姑沒控制好自己的大手勁，竟把曉星拍得一下子坐到地上。

「噢，對不起對不起！」胖姑嘴裏說對不起，但臉上笑嘻嘻的，根本沒有一點歉意，她一邊把曉星扶

起來，一邊説，「小屁孩，拍一下能當我徒弟，你賺到了。」

「哼，誰稀罕！」曉星氣不打一處來。

「對不起，最多等會比賽我跟你一塊出戰，咱們雙劍合璧，一定很厲害。」胖姑説。

「不必了，你一邊玩兒去。」曉星氣哼哼的。

「胖姑，別鬧了。」楊伯又好氣又好笑，他替曉星拍着身上的灰塵，又説，「曉星，你需要什麼食材，我替你準備。」

「不用。要用的食材廚房裏大部分都有，我自己挑就行。缺的只有一樣，等會兒我自己去買。」曉星回答着楊伯的話，又狠狠地瞪了胖姑一眼，然後走進了廚房。

因為煮飯費時間，所以這場比賽規定，可以事先煮好飯，到時作為材料帶去比賽現場。米飯是做炒飯的關鍵材料，趙家正在吃的米軟糯鬆散，正適合做蛋炒飯。

曉星拿了五斤米洗好放在爐子上，又叫來四豬生火，然後好好守着，別煮糊了。然後他就出門了。

曉星去的是魚市場。魚市場就在碼頭邊上，有些

漁民打魚回來，會馬上在這裏把魚穫售賣。曉星繞過了講價的買家賣家，以及一堆堆一桶桶的鮮魚，走進了一間專賣乾貨的店舖：「老闆，有魚子醬賣嗎？」

老闆一聽忙說：「有有有，要紅的黑的？」

魚子醬有紅色和黑色的，曉星想了想，黑色看上去賣相不好，便說：「紅色的。」

老闆從貨架上拿下一個小盒子，說：「建議你買這種。新鮮，顆粒大，保證好吃。」

曉星在烏莎努爾時，經常用魚子醬塗在餅乾上吃，所以好壞他一眼便知。打開老闆遞來的盒子，只見裏面一顆顆魚子醬晶瑩剔透、個頭飽滿，十分漂亮。

「嗯，不錯！多少錢？」曉星問道。

老闆笑着說：「見小公子這麼有眼光，算你便宜點。兩個銀元吧！」

曉星也沒講價，馬上從口袋裏掏出錢，數了兩個，交給老闆。

老闆開心地接過，說：「謝謝小公子，慢走。」

老闆拿着錢心裏樂滋滋的。因為魚子醬總有一股腥味，所以喜歡吃的人不多，老闆也只拿了幾盒放

着，沒想到還真有人來買。

　　進貨價一個銀元，老闆一轉手就賣了兩個銀元，不樂才怪呢！

　　曉星心裏也樂滋滋的。他樂，是因為這裏的魚子醬太便宜了，簡直是物美價廉啊。要知道在他原來那個時空，一小勺這樣的魚子醬，就要成千上萬塊錢。他樂，還因為知道如何去除魚子醬的腥味，知道如何讓魚子醬子變得更加鮮美，知道一個炒飯有了魚子醬會變得怎樣的美味。

　　曉星好像已經看到勝利的天秤偏到自己這邊了。

　　回到飯館，曉星用葱姜和料酒還有檸檬，把魚子醬處理了一下，再聞聞，哈哈，腥味沒有了！他小心翼翼地把魚子醬放進一個新的盒子裏。

　　回到飯館，米飯已經煮好，曉星把飯勺出來，慢慢地晃散，讓米粒分開，然後放在一邊讓它冷卻。這樣下午做炒飯時，飯才不會沾成一團一團的。

第十三章
哎呀哎呀流口水啦

午市過後，好味道飯館就關門了，楊伯拿了張白紙，用墨汁寫上「東主有事，下午暫停營業」，貼在大門口。

白馬寺離這裏不遠，走路也就十來分鐘。楊伯借來了一輛小手推車，把比賽要用的食材調味料等放上去，讓阿金和四豬輪流推去比賽地點。

一行人正要出發，見到曉晴領着四個少爺小姐走來了。四個孩子手裏都拿着彩色紙做的小旗子，旗子上面用毛筆寫着「曉星哥哥加油」六個字。

桐桐對楊伯說：「楊伯，我們也要去看比賽！我們去給曉星哥哥加油。」

楊伯遲疑了一下，說：「不行啊，下午先生要來上課呢！」

桐桐得意地說：「我上午已經跟先生說了，下午放他半天假。」

楊伯無可奈何地說：「那好吧！以後不許隨便請假，要不……」

楊伯本來想說「要不老爺知道會生氣的」，但又怕勾起孩子們的傷心事，只好把話吞進了肚子裏。

大家興沖沖地向白馬寺廣場走去。

曉星來到大食人共和國之後，還沒有來得及到處玩玩，他還是第一次來到白馬寺廣場。白馬寺廣場就在著名景點白馬寺的旁邊。說起來，中國也有一座白馬寺，位於河南省洛陽市老城以東十二公里處，已有一千九百多年的歷史。曉星讀小學時，爸爸媽媽曾經帶他們姊弟倆去過那裏旅遊。

遠遠望到白馬寺，曉星就十分吃驚，他看看曉晴，曉晴也是一臉的訝異。因為，這白馬寺和他們在現代時見到過的白馬寺太像了。也是高大巍峨，也是有三個門洞，大門兩邊竟也有一隻石做的白馬，唯一不像的，就是現代的白馬寺外牆是橙紅色的，而這裏的白馬寺外牆是白色的。

白馬寺廣場是一個足球場般大的空地，今天的廚藝比賽就在這地裏舉行。

只見空地上放了應是給評判坐的幾十張椅子，椅

子前面用白粉劃線劃成兩個比賽區域，那是給比賽雙方使用的。

范統和金珠飯店比賽團隊已經到了，正在左邊的區域擺放帶來的各種食材及調味品，大大小小的籃子、盒子、瓶子，還有各種裝調味品的瓶瓶罐罐，把八米長的案桌擺得滿滿的。

他們的廚師陣營很龐大，除了身穿特製白制服、頭戴高帽的鄭大廚，還有十名穿普通白制服的幫廚。

反觀好味道火鍋店這邊，帶來的東西一個小手推車就能裝得下，還不到對手的十分之一。而廚師就只有曉星一個，連助手也沒有。

光從氣勢上看，曉星這邊已經輸了九條街了。楊伯等人心裏都在忐忑，心想，自家還有勝算嗎？

「呵呵呵，天才小神廚來了！」范統臉上帶着邪笑，搖搖晃晃地走了過來，「哇，你們還真是氣定神閒呀，踩着比賽時間點才到。我猜猜原因！一般這樣做的，不外是兩種情況，一是心中篤定，認為不需要時間準備也肯定能贏，所以不怕姍姍來遲；另一種是破罐子破摔，反正早來遲來都是輸，乾脆磨磨蹭蹭的不着急。不知小神廚是哪一種？」

一番話把好味道飯館所有人氣得呀，真想揍他一頓。曉星卻無所謂的樣子，對范統說：「這位范統先生，我們正是屬於你說的第一種，反正早來遲來都是贏，不着急。不知我的回答讓你滿意不？」

　　「呃！」范統被曉星噎得沒話說，裝模作樣瞧了瞧曉星帶來的簡單食材和調味品，嘴裏嘖嘖嘖幾聲，說，「我說你們不是窮成這樣吧，就帶那麼一點點東西來。早說嘛，我借點錢給你們。」

　　「嗤！」曉星不屑地說，「范統先生，不是錢多東西多就一定能做出美味佳餚的，你就擦亮眼睛，看我們大顯神通吧！」

　　「嘻嘻嘻……」桐桐捅了捅柏柏，兩個人擠眉弄眼的，「飯桶先生？大飯桶！哈哈哈哈……」

　　「哈哈哈哈……」好味道飯館眾人都笑了起來，胖姑是笑得直用胖腳跺地。

　　「你們……哼，笑吧笑吧，等會兒輸了，有你們哭的！」范統氣哼哼地扭頭走了。

　　這時，評委們都到了，而周圍也站了很多觀眾，都是來看兩間飯館比賽的。

　　陳議員也是評委之一，他為人是挺親和的，特地

走到好味道飯館這邊為曉星打氣，還把坐在評判席裏的評判給他作了介紹。主評委的白鬍子伯伯，是本城一位有名的紳士，其他評委有本地名人、鄉紳和飲食界人士。

陳議這時指着一個矮個子説：「這位是大總統的千金……」

曉星一愣，才發現評委席中那個矮個子。

「你來幹什麼？」曉星等陳議員返回座位之後，走到丁一面前，瞪她一眼，説。

「來看看你輸掉比賽的倒楣樣子呢，到時別哭鼻子哦！」丁一呲着小白牙笑得很找揍。

「烏、鴉、嘴！」曉星氣得牙癢癢的。

這小丫頭，太壞了。

「我偏要贏，氣死你！」曉星鼻孔朝天，使勁哼了一聲。

這時，主持的陳議員大聲宣布：「比賽快要開始了，參賽團隊各就各位。」

曉星回到自己的比賽場地站好。

陳議員又説：「比賽時間四十分鐘，時間一到未完成的就算輸，所以請雙方抓緊時間。另外，為了保

持神秘感，做菜全過程會用布簾圍着⋯⋯」

陳議員宣布完畢，就有人分別走去兩個比賽區，嗖地拉上了布簾，遮住了做菜的地方。

「曉星哥哥加油！曉星哥哥加油！」四個孩子整齊地喊了起來。

布簾裏曉星大聲答道：「謝謝支持！」

「曉星哥哥最棒！曉星哥哥最棒！」孩子們喊得更起勁了。

評委和圍觀的百姓都笑着看向這幾個可愛的孩子。只有范統一臉不高興，他跟身邊兩個打手模樣的大漢耳語了幾句，兩名大漢便也粗聲粗氣喊了起來：「金珠飯店最棒，金珠飯店最強⋯⋯」

聲音像牛吼，又像鴨子叫，簡直是對耳朵的污染，所有人的目光都嗖地看了過去，狠狠地盯着那兩個大漢。那兩個大漢聲音越來越小，終於不敢再吭聲了。

這時右邊區域布簾裏傳出曉星輕快的歌聲：「小廚師，來呀來，一起來下廚。大家想吃什麼菜呀，快來說一說。切一切煮一煮，炒一炒炸一炸，哎呀哎呀好香呀！哎呀哎呀流口水啦！切一切煮一煮，

炒一炒炸一炸，哎呀哎呀好香呀！哎呀哎呀流口水啦！……」

趙府四個孩子顯然也會唱這首歌，所以也跟着唱起來了：「小廚師，來呀來，一起來下廚。大家想吃什麼菜呀，快來說一說。切一切煮一煮，炒一炒炸一炸，哎呀哎呀好香呀！哎呀哎呀流口水啦！切一切煮一煮，炒一炒炸一炸，哎呀哎呀好香呀！哎呀哎呀流口水啦！……」

歌曲活潑輕快、歌詞又很有趣，其他人都聽得很開心。忽然最小的楓楓驚喜地喊了起來：「廚師熊！」

大家一看，原來好味飯館區域的布簾上方，出現了一隻布做的小熊，小熊戴着廚師帽、穿着白圍裙，裂着嘴傻笑，兩隻前足還在一動一動地合着《小廚師歌》的拍子在跳舞。

跳着跳着，曉星又露出腦袋，朝人們扮鬼臉，把大家弄得哈哈大笑。

唯有楊伯急得直跳腳。這段日子他帶着一班沒長大的大小孩子，真是操碎了心。這次比賽，以曉星一個半大孩子去應對金珠飯店的大廚，他本來就信心不

足，這時見到曉星不是好好地抓緊時間做菜，只顧古靈精怪的瞎鬧，急死了，指着曉星喊：「幹嘛還不去做準備，臭小子！」

曉星朝楊伯吐了吐舌頭，和廚師熊一起從布簾上面消失了。

之後布簾後面又靜得異常詭秘，沒有一點聲響。這是美食比賽啊，多少傳出一點切東西的聲音，或者炒東西聲音好不好！

楊伯實在忍不住了，跑過去揭開布簾，往裏面一看，不禁愣了，沒看錯吧，曉星那小子竟然躺在長案桌上睡覺！

楊伯揉揉眼睛，確實沒看錯，他心裏那個氣呀，弗弗弗地直往外冒。這小子太欠揍了，這可是生死關頭呀，輸了就得把飯館關閉了，不可以再掙錢了，府中大大小小十幾口人吃什麼呀？！

「臭小子！你、你、你……」一向好脾氣的楊伯用手指着曉星，手直發抖，一口氣上不來，好像快要昏倒的樣子。

「楊伯，楊伯，別生氣，別生氣！」曉星一骨碌從案桌上爬起來，跳下地，扶住老人家。

「你怎麼可以把比賽當兒戲！」楊伯真想打人。

「哎呀楊伯，您老人家幹嗎發這麼大的火，火大傷身呀！」曉星把楊伯推出去，一邊説，「我馬上做，馬上做！您老人家別在這裏礙手礙腳的。」

楊伯氣呼呼走出去，説：「就剩下三十分鐘了，那臭小子竟然在睡覺。」

大家都嚇了一大跳：「啊！」

曉晴知道自己弟弟向來古靈精怪，但還不致於在大事上胡鬧，便安慰説：「大家別急，我弟弟雖然平時調皮搗蛋的，但是責任心挺強的。我想他之所以不慌不忙是因為心裏有數，大家耐心點，等着他的拿手好菜出場吧！」

第十四章

金包銀皇帝炒飯

真是「知弟莫若姊」呀！曉晴説對了，其實曉星真不是胡鬧，真不是不把比賽放在心裏，而是因為他只需半小時就已經足夠有餘。又不能先弄好放着，炒飯熱騰騰、香噴噴捧出去，才好吃呀！

「好啦，時間也差不多了，那風流倜儻、玉樹臨風的曉星我，就開始大顯身手吧！」曉星邊哼着小廚師歌，邊開始做他的美味炒飯了。

曉星按四兩米飯一顆蛋黃的比例選取雞蛋，又把蛋清分離出去，將蛋黃打散備用。又把香葱切成小段，然後就挽起袖子，準備炮製金包銀皇帝炒飯了。

首先是潤鍋，這一項是金包銀的關鍵之處。許多人在炒飯時候會出現米飯粘鍋的現象，主要的原因就是出在油溫身上，潤鍋的作用是讓油和鍋能充分的融合，把油倒入鐵鍋，開啟小火，然後轉動鐵鍋，讓油將鐵鍋塗抹均勻，這樣就可以避免米飯的粘連。

油溫升高，曉星倒入之前在家煮好的米飯，在鍋裏炒散，然後就進入「金包銀」的過程——把打散的蛋黃，均勻的倒在米飯上，快速翻炒讓蛋液塗抹在每一粒米飯上面，讓米飯都變成金色。最後將食鹽、調味粉、白胡椒、青葱倒入鍋中猛炒，當青葱炒出香味時，一鍋色香味俱全的金包銀皇帝炒飯就圓滿成功了。

　　饞嘴的曉星哪肯放過，拿了隻小碗，把炒飯裝了一點，用筷子扒呀扒，吃起來了。一邊吃一邊給自己豎大拇指，真棒，真棒！

　　三口兩口吃完，沒忘了擦擦嘴巴，不可以讓人知道自己偷吃了。然後把炒飯裝在一個白色的盤子裏，用鍋鏟細心拍成圓圓的扁扁的像個生日蛋糕形狀，又把早就準備好的晶瑩透亮、顆粒飽滿的橙紅色魚子醬，撒在金黃金黃的蛋炒飯上面，哇，看上去簡直讓人驚歎，別那麼漂亮好不好！

　　曉星看看時間，還沒到比賽規定的結束時間呢！他把盤子放在一個托盤裏，一手托着盤子，一手撩起布簾，走了出去。

　　曉星在裏面炒飯時，外面的人已嗅到一陣陣香

味，見到曉星托着盤子出來，馬上人聲鼎沸：

「哇，做好了做好了，還沒到時間呢！」

「真香！好想吃。」

而好味飯館的人就十分激動，四個小孩子大喊：

「曉星哥哥好厲害！」

「曉星哥哥棒棒的！」

陳議員見到曉星出來，吩咐一名工作人員去接過曉星手中的盤子。工作人員先托着炒飯在評判前走了一遍，讓他們看看，感受一下炒飯的賣相。評判都頻頻點頭，不錯啊，別看材料簡單，但看上去賣相不錯。

工作人員然後把飯盛到一個個小碗裏，又把小碗送到每個評委面前。

評委們馬上都給驚豔到了，只見米飯粒粒分開，每粒飯都粘着蛋液，將一勺飯推入口中，牙齒咬破金色的外殼之後，剩下的就是米飯的軟糯，妙不可言。米飯上的魚子醬先用牙齒輕輕咬破，耳中欣賞「噗、噗、噗」的聲音，再用舌頭仔細品味，甘甜鮮美，美不勝收。吃一勺炒飯，就連呼吸也帶出極度的香氣。

評判們這邊半瞇着眼睛品嘗美味，那邊沒有資格

吃的觀眾只好一個勁地吞口水。

陳議員也是評委之一，品嘗完炒飯之後，拍案叫絕：「好好好，曉星小神廚，不知道這炒飯有沒有名字？」

曉星眉開眼笑，答道：「有的，叫金包銀皇帝炒飯。」

有個白鬍子老伯伯不住點頭：「不錯，真的不錯！名字也起很好，金包銀，名符其實，金包銀皇帝炒飯，真是帝皇的享受啊！」

一個中年人豎起大拇指：「每粒飯都包着蛋液，這是怎麼炒出來的，好厲害啊！」

有個打扮得很漂亮的阿姨，吃完後一直在驚訝地回味：「這魚子醬怎麼這樣好吃？以前吃過的都有股腥味，很難吃的。」

好味道飯館一班人聽了這些好評，都高興得笑不攏嘴。曉星不住地朝他們做鬼臉。

小吃貨丁一吃得不住地舔嘴，吃完還不停地問工作人員：「還有嗎？」

直到工作人員把空盤子給她看，她才死心了。

范統屬於沒飯吃的那類，吃不上的葡萄當然是酸

的了，這時他躲在一邊嘀咕：「一個小屁孩做的炒飯，真有那好吃嗎？哼，先讓你風光一陣子，等我的至尊寶炒飯出台，你就躲一邊哭了。」

這時，金珠飯店的炒飯由鄭大廚捧出來了！

未吃到先見到外貌，只見琳瑯滿目、五光十色，赤橙黃綠青藍紫，簡直令人眼花繚亂。

當然了，用了三十八種材料呀，必定是多色多彩了。

鄭大廚宣布說，這道炒飯的名字叫「至尊寶炒飯」。

聞起來還是很香的，吃起來，可能有點費勁吧！

曉星有點惡趣味地想，林林總總這麼多的材料，不知那幾位牙口不好的老人家吃不吃得了。

果然！

白鬍子老伯伯評委放了一勺飯進嘴裏，咀嚼了兩下，眉頭就皺起來了，好不容易嚥下去，就把碗放回桌上，不想吃了。

其他還沒老到掉牙的評判倒是吃得很開心，邊吃邊點頭。

看到范統一臉得意的樣子，好味道飯館這邊的

人，又開始不安了。

曉晴拉住曉星，問道：「看上去，那至尊寶炒飯挺美味的呢，會不會讓他們贏了？」

曉星卻一臉的篤定：「少擔心，他們贏不了！」

這時，評判們都吃得差不多了，許多人意猶未盡地放下碗，相互點頭表示滿意。

「不錯不錯。」這回首先表態的不是陳議員了，而是一個三四十歲的紳士，「這至尊寶炒飯果然名符其實，是炒飯中的至尊。炒飯材料豐富、味道超好，簡直是人間極品！」

陳議員也點頭表示同意，他說：「果然是大師級的作品，味道真的很不錯。」

一些評判也跟着點頭。連那小魔女丁一，也邊擦嘴邊說好。

曉星見了，心裏也不禁打起鼓來。

「至尊寶」好像評價不錯啊！雖然剛才他們對自己的「皇帝炒飯」評價也很好，但萬一喜歡「至尊寶」的人多一點呢？即使是只多一個，也足以讓好味道飯館落敗了。

小嵐姊姊，快給我力量吧！

楊伯等人更擔心了。胖姑緊張得死死抓住自己一撮頭髮，那手勁讓人擔心她很快就會變成禿子了。

　　只有四個小孩子仍然充滿信心，他們還在不停地揮動小旗子，眼睛亮亮的，小嘴彎彎的，開心地等着宣布曉星哥哥勝利的那一刻。

　　比賽進入投票階段了，一眾評判開始寫選票。選票上寫着金珠飯店和好味道飯館兩個食店名字，名旁邊有個空的方格子，評判們喜歡哪一方的炒飯，便在那一方的方格裏打剔。

　　這時雙方的支持者都在大聲叫喊。

　　「金珠金珠不會輸！」

　　「好味道好味道最最好！」

　　「金珠必勝！」

　　「好味道一定贏！」

　　這時工作人員拿着一個小木箱過來收選票了，評判一個個把手裏的選票投入箱中。

　　十九位評判，全部把票投進小木箱裏。究竟哪一間食店要關閉，馬上就要揭曉了。

　　在陳議員的監督下，開始唱票了。

　　「金珠飯店，一票！」

「好味道飯館，一票！」

「金珠飯店一票！」

「好味道飯館一票！」

雙方的票數咬得很緊，幾乎是每方一票每方一票地往上遞增着。

一會兒，金珠飯店的票超過好味道飯館了，但接下來，好味道飯館又超越金珠飯店。直到雙方都拿了八票時，氣氛變得更緊張了，餘下三張票，究竟花落誰家？

工作人員繼續唱票：「好味道飯館，一票！」

哇，太刺激了，如果下一張票還是給好味道的話，那這場比賽的贏家就是好味道飯館了。

工作人員繼續唱票：「好味道飯館，一票！」

「哄」地一聲，全場沸騰了，好味道已有十票，即使剩下的一票是金珠的，那也是好味道贏了。

工作人員唱了最後一票：「第十九張選票，是屬於……好味道飯館！」

「哇！」全場發出熱烈掌聲。

「我們贏了！」好味道飯館一眾人等高興得歡呼起來。

胖姑興奮起來想找人抱抱，但大家都逃開了，站在一邊只顧傻笑做勝利手勢的曉星猝不及防，被胖姑抱住了，小身板落到大胖姑娘手裏，全身骨頭被壓得咯咯響，曉星嚇得大叫救命。

　　幸好這時主持人宣布好味道飯館獲勝，讓大廚上台接受歡呼，曉星才免去被胖姑壓成肉醬的厄運。

　　活動了一下酸痛的筋骨，曉星又恢復了他自認為的「英俊瀟灑」模樣，蹬蹬蹬跑到台上，呲着大白牙，做了一個勝利手勢：「耶！」

　　主持的陳議員拍拍他的肩膀説：「真是英雄出少年啊！這麼年少，卻做出如此美味佳餚。可喜可賀！」

　　曉星笑得見牙不見眼。

　　陳議員問道：「曉星小友，想問問你，這道金包銀皇帝炒飯是哪位大廚教你的？可以請他加入我們美食協會嗎？」

　　「是……」曉星剛要説是烏莎努爾的大廚，但一想這裏是異時空，沒有烏莎努爾的，便説：「是我自創的。」

　　「小友真厲害！」評判席裏的白鬍子老伯伯説，「請問你設計這道炒飯時，心裏有沒有什麼目標？」

曉星說：「當然有。第一，我希望這道炒飯要有營養，能對人的身體有好處；第二是賣相好，看上去賞心悦目，能引起人的食欲；第三是老少咸宜，小孩子牙沒長齊，老年人牙齒不好，所以我盡量做到食物入口軟糯；第四是簡單易做、花錢不多。這樣才能讓更多人享受到這種美食。這一大鍋炒飯花了不到五個銀元，至於製作時間，如果不算煲飯的時間，連打蛋、切葱、炒製只用了十多分鐘。」

　　「哇，十多分鐘就能做出這樣的美味！」評判和圍觀羣眾都驚訝地議論着。

　　「你做得很好。做一道食物，能考慮到方方面面，非常好！」白鬍子老伯伯笑着點頭，他又問坐在一邊生悶氣的范統，「范先生，你們那道至尊寶炒飯用了多少錢？」

　　范統猝不及防被問及，脱口而出：「八十個銀元。」

　　「哇！」人們又沸騰起來了。

　　五個銀元和八十個銀元，簡直天地之差。何況人家五個銀元做出來的食物，還優勝於你們八十個銀元做出來的。簡直是高下立見！

陳議員宣布這場比試以好味道飯館獲勝，按比賽協定，金珠飯店即日起關閉。

　　范統以損人開始，害己告終。

第十五章

異時空的第一塊披薩

曉星和金珠飯店對決，大獲全勝，好味道飯館更出名了。

應客人要求，自此之後除了經營火鍋之外，還增加了供應金包銀皇帝炒飯。這下子，來光顧的人就更多了。店裏常常座無虛席，店外還經常排了長長的等位的隊伍。客人除了要一個風味火鍋之外，往往再點一盤美味的炒飯，人人都讚不絕口，認為物超所值。

這天下午，正是午飯高峯時間，仗着自己是大廚常常偷懶的曉星，也咋咋呼呼地在廚房忙碌着。

「曉星，你出來一下！」楊伯走了進來，朝曉星招招手。

「來了！」曉星擦擦手，跟着楊伯走出了廚房。

楊伯臉色有點難看，像是遇到了什麼難辦的事。

「楊伯，怎麼啦？」曉星很奇怪，問道。

楊伯說：「我剛才去菜市場的張記肉檔那裏拿預

訂的豬肉和牛肉，沒想到張記老闆說，肉讓范統的飯店全部買走了，還把訂金退給了我。」

「范統的飯店？不是關閉了嗎？他們沒有遵守遊戲規則？」曉星很奇怪。

楊伯說：「范統一共開了五家飯店，金珠飯店關了，還有另外四家。」

「哦。」曉星明白了，「一定是那大飯桶有意刁難我們，讓我們無法營業。那我們去別的地方買好了，京城又不是只有張記肉檔。」

楊伯氣憤地說：「我想他是有意封殺我們的，我一連去了四五家賣肉的攤檔，他們都以這樣或那樣的理由拒絕賣肉給我們。看來，這是范統在搞鬼。」

曉星氣呼呼的：「這大飯桶，真是可惡！」

「誰在背後中傷別人啊！這樣做很不禮貌哦小朋友。」一把陰陽怪氣的聲音。

曉星一看，正是那大飯桶來了。

楊伯氣憤地說：「范先生，我們沒有中傷你，的確是你做得不地道。為什麼不讓那些肉檔供貨給我們？」

范統嘿嘿冷笑：「不為什麼，我就是想讓你們倒

閉。現在全城的肉檔我都打了招呼，不讓他們賣肉給你們。你們沒有肉，怎麼做火鍋？哦，也可以做素火鍋的，不過，你們得把店名改成『沒味道素飯館』，哈哈，會有和尚來光顧的……」

曉星大怒：「這世界是有正義的，我就不信所有肉檔老闆都聽你指揮！」

范統奸笑着：「哼哼，你不知道嗎？我除了開飯店，還有其他很多生意，全城唯一的屠宰場就是我開的。那些肉檔全都是上我那裏拿貨，你説那些肉檔老闆會不會聽我的話？不聽話的，我就不給他們供貨了……」

「壞人，滾！」曉星抬腳就想踢那壞蛋，嚇得范統狼狽逃走了。

曉星還想追出去，被楊伯拉住了：「曉星，別衝動，打人是犯法的。為了這種爛人坐牢，不值得！」

曉星氣呼呼的：「不做火鍋，我們就光做炒飯。反正現在炒飯這麼受歡迎。」

楊伯搖搖頭，臉上很愁：「光做炒飯太單調了，不能長久留住食客。」

「我就不信，沒了肉就開不成店！總有辦法的。

天下事難不倒周曉星！」曉星搔搔頭，苦苦思考，突然，他一拍大腿，說，「啊，有辦法了！」

楊伯一聽，忙問：「什麼辦法，快說！」

曉星喜上眉梢，說：「我們可以做披薩賣。」

「披薩？什麼是披薩？」楊伯一臉的問號。

「披薩嘛，是一種餅，好吃的餅。」曉星眉飛色舞地解釋着，想到自己將會是這異時空第一個做披薩的人，他真想仰天大笑一番。

「一種餅？」楊伯眨眨眼睛，心想，這餅的名字好怪啊！

「是的，一種餅。一種跟傳統習慣很不同的餅。它的餡不像傳統的餅那樣夾在餅的中間，而是放在餅的上面。味道嘛，勁好吃！」曉星想起自己那個時空的紐約式披薩、芝加哥式披薩、加利福尼亞式披薩、烤盤披薩、薄脆型披薩、厚型披薩，不用做法不同風味的，簡直全都好吃得不要不要的。

「好，那我們就做這披薩！」楊伯見識了曉星的火鍋和金包銀皇帝炒飯之後，已經再不會懷疑他的主張了，所以馬上選擇支持他。

曉星說幹就幹：「楊伯，你馬上去買二十個平底

鍋，就是紅太郎用來追打灰太郎的那種。」

「啊？」楊伯聽得莫名其妙，「紅太郎追打灰太郎的那種？不明白！」

曉星撓撓頭，忘了這裏沒有動畫片《喜洋洋與灰太郎》看：「噢，反正是平底的那種鍋。」

曉星又詳細列了所需食材，讓楊伯去購買。

幸好做披薩所需的材料，這異時空都有。這時曉星很慶幸沒有穿越到更古老年代，否則如果芝士、茄醬等東西沒有的話，他就真是「難為無米之炊」了。

楊伯雖然已是六十歲的人了，但做事絕對麻利，他帶着一個小伙計出去採購，兩個小時後就滿載而歸了。

當晚收市時，飯館裏儲存的新鮮肉已全部用光，曉星請楊伯寫了一份告示，說是因為飯館打算後天推出新食物「超級無敵披薩餅」，所以明天休市一天，請客人後天務必光臨。

貼在門口的告示，很快引起行人圍觀，大家都對即將推出的這種有着怪名字的什麼「超級無敵披薩餅」充滿期待，許多人相約到時來品嘗。

第二天，曉星開始開班授徒了。一大早，大家就

按着曉星吩附，各自忙着。

有的人在切番茄、青椒、洋葱、紅腸、芝士等，有的人在把麵粉、發酵粉拌好後，在裏面加雞蛋，加鹽，然後用溫水和好面，讓它發酵。

等一切準備好後，曉星拿起一隻平底鍋，說：「我現在開始製作披薩餅了。胖姑，還有阿金、四豬、大勝，你們都要仔細看着，不懂就問，但一定要學會，因為明天你們就要開始做餅了。」

曉星喜歡吃披薩，剛好嫣明苑的大廚會做，曉星就跟他學會了。沒想到今天能派上用場。

曉星首先把青椒、洋葱入鍋炒香，盛起備用，又把洋葱末和番茄末炒香，加生抽和砂糖，加點番茄醬、水，收汁盛起，做成披薩醬。

接着，把發酵後的麵團取一小塊，擀成厚薄適中的麵餅，在麵餅兩面都用叉子戳滿洞洞。

然後倒油入平底鍋，等油熱後，就把麵餅放了進去，用小火把兩面都煎到微黃。

「噢，這時候可以在麵餅上塗披薩醬了。塗好後，再均勻地放上紅腸，再放蔬菜，最後把切碎了的芝士放到蔬菜上面。嗯，好了，咱們蓋上鍋蓋，用小

火爐。」曉星又提醒說，「記得要時不時晃一下鍋哦，不然會燒焦的。」

看的人都不住點頭，曉星隔着玻璃鍋蓋看了看，說：「你們看，芝士開始融化了，芝士融化後再等一會就熟了。」

過了一會，曉星揭開鍋蓋，一陣獨特的香味撲面而來。大家口水開始嘀嗒流了。

「披薩餅製作成功了！」曉星高興地吸了一口香氣，又把披薩倒進一隻碟子裏，用刀切開八小塊。

曉星伸出手，想先吃為快，誰知道，「嗖」一聲，許多隻手伸過來，碟子一下子光光的。

「嗝嗝嗝……」咀嚼聲次第響起。

「你、你們好過分！」曉星變成了鼓氣青蛙。

「嗝嗝嗝……」

沒有人顧得上氣得跳腳的曉星。

第二天。今天注定是大食人共和國難忘的一天，因為有一種叫「超級無敵披薩餅」的食物問世了。

傳說中這披薩餅是一個英俊瀟麗、玉樹臨風的叫做曉星的小帥哥發明的，這種餅外表紅、橙、黃、綠，五彩繽紛，一看就令人移不開眼睛，十分誘人。

吃起來味道更是獨特又美妙，外酥內鬆，軟度適中，而且餡料充足，又是香腸，又是各種蔬菜，還有香噴噴的芝士和美味的茄汁，味道好極了。

口口相傳，一時間好味道飯館比之前做火鍋時更出名了，飯館門口從一開門就排長隊，人們都想一嘗「超級無敵披薩餅」的獨特滋味。

范統本來想用切斷肉食供應的手段來打垮好味道飯館，沒想到他們沒了火鍋，卻推出了更厲害的披薩，氣得范統咬牙切齒，但又無可奈何。只好眼睜睜看着好味道飯館生意興隆，更上一層樓。

這天，曉星忙了大半天，腳已經痠得不行，從小到大，他都沒有過像現在這麼勞累的！

見到各人已經能熟練掌握披薩製作，曉星決定偷一下懶，去二樓的休息室坐坐。二樓的廂房都全被包了，見到客人們人手一塊披薩吃得正開心，曉星心裏挺有滿足感的。

咦，這間廂房裏怎麼只坐了一個人，是個女的，看背影小小隻，這時正埋頭苦吃，邊吃嘴裏還嗯嗯嗯的，很像貓兒吃到美味的魚乾時發出的滿足聲音。

好像是一個認識的人！

曉星走近瞧瞧，果然是她。

「喂，小吃貨！」曉星大喊一聲。

「哇！」丁一嚇了一跳，手裏拿着的一小塊披薩掉地上了。

她也顧不上看看嚇她的人是誰，悲憤地用手指着地下那小塊披薩，喊道：「賠我，賠我！」

曉星一看，不就是一小塊嘛，一口就能吃完，那麼緊張：「不賠！」

「哇……」丁一跺腳，涕淚交流。

曉星嚇了一跳，他不想讓人誤會自己欺負小女孩，忙說：「好啦好啦，賠你賠你！」

「哼！」丁一馬上住聲，這才抬起頭，一看是曉星，「原來是你這死小屁孩，你總欺負我！嚶嚶嚶嚶……快賠我披薩，馬上，立刻！」

曉星氣不打一處來，還不知道是誰欺負誰呢！

見到樓下的人都朝上面看了，他只好氣呼呼地說：「好啦，別再鬼哭狼嚎了，我馬上幫你去拿。」

一邊下樓還一邊聽到丁一在叫：「我剛才吃的是綠野風光厚型披薩，你得賠我不同口味的，就香酥羅非魚薄脆披薩吧！」

曉星的腳拐了一下，差點摔下樓梯，這小吃貨，真會得寸進尺！

　　下到大堂，吩附伙計給丁一送一塊香酥羅非魚披薩，自己也不上樓休息了，免得看見那小魔怪自己生氣。

第十六章

不能讓桐桐變成孤兒

忙到了晚上九點，飯館收市，大家都累壞了，一班人攤在大堂裏，東歪西倒的。

曉星伸了個懶腰，走出大門，到江邊坐下來。

望着滾滾東流的江水，曉星又想起了小嵐姊姊。

小嵐姊姊，你在哪裏呀？他想念小嵐姊姊，想念萬卡哥哥，想念自己那個時空，禁不住鼻子發酸，有一種想流淚的感覺。

「嗚嗚嗚……」

咦，自己明明沒哭呀，怎麼聽見哭聲。曉星訝異地站起來。

循聲看去，只見五六米遠的地方，蜷縮着一個小小的身影，在低頭嗚咽。

曉星走了過去，不小心踩着一根樹枝，發出啪嘞聲響。那小身影抬起頭，原來是桐桐。

「桐桐，怎麼一個人躲在這裏哭？」曉星走過

去，在桐桐身邊坐下。

「我……」桐桐一張嘴，又禁不住嗚咽起來。

「想你爹爹？」曉星知道桐桐哭什麼。

「嗯。」爹爹被抓走快一個月了，桐桐好想他。

曉星想了想，説：「我陪你去一趟監獄，探你父親，好不好？」

桐桐驚喜萬分：「去探爹爹？真的可以？」

曉星説：「事在人為。不試試，怎麼就知道不行呢？」

桐桐聽了很受鼓舞，她使勁地點了點頭：「嗯。」她又用崇拜的眼神看着曉星：「曉星哥哥，你真厲害。」

曉星尾巴一翹一翹的：「當然！」

曉星的自信是從小嵐姊姊那裏學來的。小嵐姊姊説過：「什麼事都不敢去做的話，就什麼事也做不成；做了，就有成功的可能。」

小嵐姊姊就是因為敢想敢做，才會創造出無數奇跡。

「就明天上午吧，我陪你去。」曉星説。

想到可以見到父親，桐桐激動得眼睛發亮：「我

帶點什麼東西給爹爹好呢？」

曉星想了想，説：「監獄裏一定吃不好，最好帶點吃的。」

「嗚嗚嗚，可憐的爹爹……」桐桐扁了扁嘴，抽抽嗒嗒地説，「曉星哥哥，我想親手做些好吃的帶給父親，你能教我嗎？」

「別哭別哭，我教你做。」曉星最看不得小妹妹哭，連忙答應。

「謝謝曉星哥哥。」桐桐露出了笑臉。

「這才對嘛！笑着過是一天，哭着過也是一天，那為什麼不笑着過呢？來，咱們回家。」曉星拉着桐桐的手，回家去。

桐桐第二天早上跟楊伯説了和曉星去探監的事，楊伯搖頭説：「你們別去了，去了也是白跑一趟。我已經找過老爺那位姓吳的朋友，請他可不可以想辦法，讓我們再去看看老爺。吳先生説，像老爺這種案子，都是不許探視的。之前去探的那次，已是托了很多人，費了不少功夫，才勉強通融了一次。要想再去，實在是不可能了。所以，你們別再心存僥倖了，你們進不去的。」

桐桐異常堅定：「我要去試試。曉星哥哥說得對，不試試怎麼知道不行呢！」

楊伯見桐桐這樣堅持，也不好再勸，只是大聲歎了一口氣。

趙恆一向善待僕人，所以胖姑和其他伙計聽桐桐說想親自做好吃的帶給父親，一個個七嘴八舌出主意，最後決定煲雞湯和包餃子。於是胖姑熱心教桐桐煲湯，其他伙計就一起動手，和麵、剁餃子餡，然後大家一起包起餃子來。每個人都很虔誠地做着這一切，彷彿這樣就可以把祝福放進食物裏，送給獄中的趙老爺。

人多力量大，很快，香噴噴的雞湯煲好了，熱騰騰的餃子也煮好了，曉星和桐桐，一人提着一樣食物出了門。

京城大牢離臨江坊有很長一段路，兩人走了大半個小時，才到了目的地。

大牢門口，一左一右站了兩個持槍的守衛，兩個守衛長得很高大，臉相又有點兇，見到曉星和桐桐往這邊走，便虎視眈眈的盯着他們。桐桐見了，嚇得躲到了曉星背後。

曉星其實也有點害怕，但在桐桐面前不能認慫，便鼓着勇氣走上去，向那兩個守衞鞠了個躬，很有禮貌地説：「兩位大叔好！我們想探趙恆。」

左邊守衞搖搖頭：「不能探。」

右邊守衞也搖頭：「對，不能探。」

桐桐一聽便哭了。

曉星關切地摸摸桐桐的腦袋，對守衞説：「她是趙恆的女兒，她很想父親，希望見上一面，請你們幫幫忙。」

左邊守衞説：「真的不能探，你們走吧！」

右邊守衞説：「對，真的不能探，你們走吧！」

「哇！」桐桐哭得更大聲了，眼淚大滴大滴地往下淌，瞬間就把衣襟濕了一大片。

兩個守衞尷尬地看着她，有點手足無措。

曉星問道：「大叔，你們有孩子嗎？」

左邊守衞點點頭：「我有兩個男孩，一個三歲，一個六歲。」

右邊守衞點點頭：「我有一個女孩，今年九歲。」

曉星説：「相信你們的孩子很愛自己父親，你們也很愛自己的孩子。要是你們出了事不能回家，你們

的孩子一定很傷心難過。」

左邊守衛紅了眼睛：「肯定。」

右邊守衛也紅了眼睛：「必然。」

曉星又說：「那你們就幫幫桐桐吧，讓她去見父親一面，一會兒也行。」

兩個守衛好糾結。班頭*吩咐不許探的，但是小姑娘真的很慘。他們看着哭泣的桐桐，看着看着彷彿變成了自己的小兒女……

左邊守衛朝右邊守衛招招手，兩人耳語：

「班頭和其他幾個兄弟去了吃飯，應該還有半小時才回來。」

「是的！讓他們進去一會兒，你不說，我不說，沒人知道。」

兩人又一齊「嗯」了一聲。

左邊守衛對曉星和桐桐說：「你們快點進去，右手邊第十間囚室就關着趙恆。給你們二十分鐘，快去快回！」

「謝謝大叔！」曉星和桐桐高興地向兩位大叔道

---

* 班頭：衙門裏的守衛首領。

謝。桐桐還跟守衞大叔鞠了個躬：「兩位大叔真是好人，桐桐會記一輩子的。」

兩個守衞都好像挺不好意思的：

「小意思啦，不用謝不用謝！」

「對，小意思不用謝的，快進去吧！」

曉星拉着桐桐的手，走進了監牢裏。

這裏的布局跟曉星以前看過的古代監獄還挺像呢！中間一條長長通道，通道兩邊是一間間牢房，透過粗鐵枝做成的鐵欄柵，可以看到裏面皮黃骨瘦、蓬頭垢面的囚犯。

見到曉星和桐桐走過，一些囚犯從鐵欄柵中間伸出手來，喊道：「給點吃的好嗎？好餓！」

有的就喊：「我冤枉啊！能替我申冤嗎？」

而大多數囚犯就麻木地坐着，呆滯的眼睛沒有焦距地盯着某個地方。

桐桐害怕地直往曉星身上靠，其實曉星也有點害怕，但他明白這時候應該保護女孩子，所以強作鎮定，說：「桐桐別怕，有我呢！」

桐桐死死抓住曉星的手，嘴裏「嗯」了一聲。

很快，他們走到了第十間囚室門口。

只見裏面只有一張用木板架的牀，一個衣衫骯髒的人躺在牀上。曉星其實只是遠遠見過趙恆一面，所以不敢肯定這人就是他，但這時桐桐早已大叫一聲：「爹爹！」

牀上的人顯然嚇了一驚，他一骨碌起了牀，目光落到桐桐身上，不禁呆了呆。接着飛撲過來，一把抓住桐桐伸進去的手：「桐桐，是你嗎？真的是你！」

「是我，是我，是桐桐看您來了！」桐桐壓抑着不敢大聲哭，只是眼淚無法控制地流着。

趙恆隔着鐵欄柵拉着桐桐的手，淚水奪眶而出。

曉星在一旁看着那一對相對而泣的父女，也不禁眼圈紅了。

桐桐好不容易止住哭聲，用小手幫父親擦眼淚：「爹爹不哭，爹爹不哭⋯⋯」

趙恆強忍淚水，焦急地詢問着家中情況。他知道自己家已被抄了，兒女被趕出家門，一直擔心他們沒人照顧，流落街頭。聽到桐桐說了楊伯和曉星曉晴、胖姑都留下照顧他們兄弟姊妹，還有母親留下房子和錢、曉星出主意開了飯館、生活無憂等等事情，趙恆這才放下心來，連聲向站一旁的曉星道謝。

「不用謝，我幫人也是幫自己，不然我也會無家可歸的。」曉星拼命擺手。

　　「不管怎樣，你也是幫了趙家大忙。請受我一禮！」趙恆朝曉星鞠了一躬，嚇得曉星趕緊伸手去扶他。

　　趙恆又說：「曉星，我有一件事想請你幫忙。」

　　曉星馬上點頭說：「趙叔，有什麼需要幫忙的，你儘管說。」

趙恆説：「看樣子我是很難有脱罪之日了，我想請你留在趙家，照顧桐桐四姊弟，做他們的哥哥，不知曉星可不可以答應我這請求？」

「沒問題，我一定會把桐桐他們當做親弟妹看待。」曉星毫不猶豫地拍拍胸口，又説，「趙叔別泄氣，好人一生平安，您會沒事的。」

趙恆搖頭歎息：「很難了。間諜案給國家造成巨大損失，涉案的人，的確罪大惡極。」

曉星説：「聽楊伯説，其實你是被人冤枉的。」

趙恆長歎一聲説：「是的。只是事到如今，我有理也説不清了。何況大總統已下了命令，説是此案鐵證如山，所有涉案人員都不准翻案。」

一直在旁邊聽父親跟曉星説話的桐桐，嘴巴一扁，又哭了：「爹爹，您明明是好人，好人為什麼要受苦呢？我們想您，我們要您回家……」

趙恆心痛地摟着桐桐，眼中流淚。

曉星心裏很難過，這世界怎麼啦，不是應該好人有好報的嗎？趙恆為什麼會落得這樣下場呢？要是小嵐姊姊在就好了，她一定會想出辦法來的。

「小朋友，小朋友！」有人在喊。

原來是其中一個大門守衞，他對曉星說：「時間差不多了，你們得離開了。要是其他人回來看到，我們會倒楣的。快走吧快走吧！」

　　「爹爹，我想您回家……」桐桐拉着趙恆的手，哭着不肯放。

　　「桐桐，我們再不走，會連累兩位好心的守門大叔的。快走吧！」

　　曉星拉拉桐桐。

　　「我不走，我要在這裏陪爹爹！」桐桐還是哭着不肯離開。

　　「桐桐乖，桐桐快走吧！」趙恆哽咽着勸女兒。

　　曉星看着滿臉淚水、傷心欲絕的桐桐，回想起剛見面時那個活潑可愛的饞嘴貓、貪吃鬼，心裏不禁像被刀子割了一下，很痛很痛。

　　不，不能讓桐桐變成孤兒，不能這陽光女孩從此墜入黑暗，要想辦法幫她，救她父親一命。

　　腦子裏想着，嘴巴就不知不覺大聲說出來了：「桐桐別哭，我會幫你救出父親的！」

　　「啊？！」桐桐的哭聲戛然而止，她抬起頭，用紅腫的眼睛盯着曉星，驚喜地叫道，「你、你說的是

真的？你真能救出我爹？」

而趙恆就瞠目結舌地看着曉星：「你、你真的有辦法？」

曉星説出口之後，也被自己的話給嚇住了。趙恆是被大總統親自下令判極刑的，還聲明不許翻案，自己小胳膊小腿的，難道去劫法場？

他瞅瞅桐桐驚喜的臉，又瞅瞅趙恆驚疑的目光，心想話都説出來了，難道還要收回那麼丟人嗎？！天下事難不倒周曉星。咦，這不是小嵐姊姊的台詞嗎？

對，小嵐姊姊能做到的，自己也要做到。周曉星，加油！

曉星主意一定，馬上斬釘截鐵地説：「是，桐桐，我向你保證，一定會想辦法救出你爹爹。不過，你要乖，馬上跟我走，我們出去再想辦法。」

「真的？你真的能救我爹爹？」桐桐驚喜地看着曉星，她唯恐曉星賴賬，馬上伸出小指頭，「一言既出，駟馬難追！我們拉鈎。」

「好。」曉星伸出小指頭。

桐桐和曉星拉完鈎，這才肯離開。她把帶來的東西交給父親：「爹爹，這是我親手煲的雞湯，還有很

多人一起做的餃子。爹爹，您一定要好好的，等着我們來救您出去。」

「嗯，爹爹一會好好的。」趙恆眼中流淚，接過食物，他又看着曉星，説，「雖然⋯⋯但是我還是感激你。希望你幫我好好照顧桐桐他們。拜託了！」

曉星點點頭，拉着桐桐轉身走了。

桐桐邊走邊回頭，對趙恆説：「爹爹，我們等您回家⋯⋯」

回家時，桐桐顯得很興奮，不停地問着：「曉星哥哥，你什麼時候把爹爹救出來呀？明天可以嗎？」

「啊！」曉星撓頭。心想別那麼焦急好不好，怎麼救你老爹，我還沒有一點頭緒呢！他只好含含糊糊地説，「唔，儘快，儘快。」

第十七章
為「食」生病的八王子

　　曉星和桐桐回到飯館，剛好見到楊伯用布擦着手從廚房走出來，一見他們倆，楊伯就緊張地問：「有見到老爺嗎？」

　　桐桐開心地說：「見到了。我叫爹爹好好的，等着我們把他接回家。」

　　楊伯又驚又喜：「把老爺接回家？難道老爺有希望脫罪出獄？」

　　桐桐看了曉星一眼，說：「曉星哥哥說，會想辦法救爹爹出來的。」

　　「你……」楊伯看着曉星，兩眼放光，顯得很激動，「你真有辦法救老爺？」

　　「我……我……」曉星不知怎麼回答好。

　　楊伯見曉星這樣，眼裏的光瞬間又黯淡了，好像挺失望的。大概也知道曉星這是安慰說話，並不是真有什麼可行辦法。

他不由得擔心地看了桐桐一眼，要是最終無法救出老爺，小姐不知道會傷心成什麼樣子。

「嘿，小屁孩！」一把清脆的聲音，打破了這沉重的氣氛。

曉星沒看也知道是丁一來了。他也沒心緒和她鬥嘴，只是笑了笑，讓楊伯帶她上二樓的包廂。

「咦，小屁孩，好像有點不高興哦！」丁一扭頭看看曉星，說，「喂，今天我要吃香脆鮮蝦披薩，你親自給我做，做好吃點，要不我不給錢哦！」

看着丁一蹦跳着上了樓，曉星叫桐桐先回家，自己就去了廚房。丁一那小魔怪最近幾次來都指定要自己幫她做披薩，不知道是覺得曉星做得特別好吃，還是覺得能支使小屁孩做事很有滿足感。

不一會兒，曉星把披薩做好，親手端着上了二樓。包廂裏，丁一正等得不耐煩，用叉子把茶杯敲得叮噹響，一見曉星端着東西上來，馬上嚥了口口水，埋怨說：「怎麼這麼久，我快餓死了！」

真受不了這大小姐，曉星瞪她一眼，說：「喂，你以為我會變魔術呀，魔法棒一揮，就能變出披薩來。做披薩是要時間的，大小姐！」

「咽咽咽……」丁一早抓起一塊披薩，大嚼起來。

「吃死你！」曉星哼了一聲，下樓了。

「木要有，木要有，有樹更你説。」真難為她，滿嘴塞着食物，還能發出聲音。

「你説什麼？」曉星聽得莫名其妙。

丁一趕緊把嘴裏東西吞下，才又再説了一遍：「不要走，有事跟你説。」

「什麼事？」曉星停下腳步，心想這傢伙能有什麼正經事，別不是又有什麼事想刁難自己吧！

丁一擦擦嘴巴：「死小屁孩，這裏又不是有鬼追你，走那麼急幹嘛！有件事請你幫幫忙。」

啊？這是請人幫忙的口氣嗎？曉星真服了她。

「不幫！」曉星繼續走。

「喂，你敢！」丁一臉上出現了又委屈又憤恨，還有點氣急敗壞的表情。

「就敢！」曉星繼續走。

「不要啦！」丁一沉不住氣了，她站起來，跑下樓梯，拽住曉星的衣服，「幫幫我嘛！」

曉星下巴上揚，看也不看她：「求我。」

丁一一副苦瓜臉：「求你！」

曉星轉頭看她：「那你以後要乖，別老那麼刁蠻任性。」

「哦——」丁一努力做出一副乖樣子。為了不讓英俊帥氣的父親將來愁得頭頂上只剩下三根呆毛，她只好選擇向小屁孩投降。

「這才差不多。」曉星慢吞吞地回包廂坐下，「什麼事？」

「等等。」丁一把碟子上剩下的一丁點披薩碎塊扒進嘴裏，這才呼了一口氣，「真好吃。」

真是個吃貨！曉星好笑地盯着她的一舉一動。

「要不是看到我老爹愁得頭髮都快掉光了，我才不會求你呢！」丁一有點幽怨看了曉星一眼，「這件事說起來還挺複雜的……」

原來……

大食人共和國的地理環境跟中國的宋朝差不多，是相對封閉的，東南面是海，西面是高原，只有北面是廣闊的草原。這就決定了這個國家東、西、南三面都很安全，唯一有危險的就剩北方了。

北方跟大食人共和國接壤的國家，全稱「大不了

背鑊公國」，簡稱大鑊國。大鑊國廣闊的草原，孕育了一個彪悍的特別擅長騎射的馬上民族——背鑊族。

從國家經濟來說，大食人共和國遠比大鑊國富庶，但從戰鬥力來說，大食人共和國就遠不及大鑊國了，所以大食人共和國居安思危，一直以來都對大鑊國保持高度警惕。一方面努力維持良好外交關係，一方面在雙方邊境駐了很多軍隊，時刻提防大鑊國入侵。

雙方維持了百多年的和平，在最近一個月被大鑊國打破了。他們的軍隊在邊境接壤處向大食人共和國頻頻挑釁，兩國關係進入緊張狀態，戰爭隨時可能發生。

大食人共和國當然不想打仗。因為戰爭會導至人類傷亡慘重、人民家園盡毀、國家經濟倒退起碼數十年，總之會造成很嚴重的破壞。加上大食人共和國今年遭遇洪水和旱災，嚴重影響國庫收入，如果打仗，很可能連軍隊的口糧也供應困難。

如果能維持和平的話，大食人共和國絕對不想打仗。

於是，丁大總統向大鑊國下了國書，希望雙方坐

下來，和平協商解決邊境問題。丁大總統想，如果對方同意和談的話，自己可以放下身段，派談判團前往大鑊國。

沒想到事情意想不到的順利，大鑊國收到國書後，不但同意和談，還派了以小王子八寶範為團長的代表團，來大食人共和國進行談判。

小王子八寶範今年十八歲，一表人材，性情開朗，看上去像是很好說話的人。但相處之下才知道，這傢伙在談判桌上咄咄逼人，非要讓大食人共和國每年給大鑊國上貢銀二十五萬兩，布二十五萬匹，才肯停止挑釁。

作為大食人共和國當然不同意這樣的不平等條約了，所以第一天談判就陷入僵局，雙方不歡而散，宣布暫時休會。

那八寶範好像也不着急，第二天就帶着幾個人悠哉悠哉去城內到處閒逛，專挑熱鬧的地方去，專揀好吃的飯館入，吃吃喝喝，十分快活，全不管何時恢復談判。

眼看邊境上的兩國衝突越來越嚴重，戰爭一觸即發，丁大總統都快急死了，無奈八寶範仍然我行我

素，把城中的飯館吃得七七八八了，好像一點不着急談判的事。丁大總統急了，多次派官員去找他，要求儘快恢復談判，卻一直得不到回音。

可就在昨天，八寶範主動現身去找大總統了。大總統一見他就嚇了一跳，一個多星期沒見，怎麼就變得這樣無精打采、情緒低落的，眼睛下面也多了一副明顯是睡眠不足造成的黑眼圈。

「八王子，你病了？」大總統關心地問道。

八寶範搖了搖頭，又點點頭，沒吭聲，只是一副生無可戀的樣子。

大總統只好去問代表團副團長唐連子：「八王子怎麼啦？」

唐連子湊近大總統耳邊，神秘兮兮地說：「得單思病了。」

「啊，單思病？！」大總統的八卦勁兒馬上出來了，「啊，王子有豔遇了？愛上了什麼小姑娘？」

大總統還馬上腦補出了「八王子異國他鄉遇真愛，丁總統仗義出手成姻緣」的感人故事。

唐連子卻搖了搖頭，說：「不是惦記上了小姑娘，是惦記上了幾個菜。」

大總統有點發愣。幾天下來，也知道這八寶範小王子是大大的吃貨，但不就幾個菜嗎？買來吃就行了，犯得上沮喪成這樣！

見到丁大總統眨巴着眼睛滿臉的困惑，唐連子說出了謎底。

原來八寶範自小便是個美食狂人，他喜歡吃，生在皇家也有條件吃，所以不管去到哪裏，都會訪尋名菜，不吃到嘴絕不罷休。而他自己也以曾嘗遍天下名菜為榮。

前不久有友人提到三道菜的名字，竟然是八寶範沒吃過的，八寶範耿耿於懷，追問朋友，這道菜的味道和模樣，可惜朋友也只是聽聞而沒有見過。八寶範自此有了人生目標，就是找到這幾道菜，品嘗一番。自此，他在自己國內尋找，到別的國家尋找，苦苦追尋，但歷時半年仍沒找到。

大食人共和國是個歷史悠久的國家，本來是八寶範重點尋找的地方，但因為近年兩國關係緊張，時不時發生衝突，所以他的父皇八寶祝，不許他到大食人共和國，怕發生危險。

這次大食人共和國向大鑊國下國書，要求坐下來

談判邊境衝突問題，八寶範認為機會來了。兩國相爭，不斬來使，如果自己作為談判代表團去大食人共和國，不但出師有名，而且沒有危險，自己父王也沒道理再阻撓自己。於是自告奮勇，要求出使大食人共和國，談判是假，找那幾菜為真。這樣才有了一向氣焰囂張的大鑊國，卻放下身段來大食人共和國談判的事。

沒想到找了將近十天，走遍了城中各個飯館，都沒有這幾道菜。眼看尋找無望，八寶範十分失望，那幾個菜名一天到晚在眼前晃呀晃，飛呀飛，弄到他心煩意亂。越是得不到就越想吃，八寶範日思夜想，人變得很憔悴，像生了一場大病似的。

「砰！」忽然一聲巨響，把鬼鬼祟祟地耳語着的丁大總統和唐連子嚇了一驚，一齊看向使勁拍桌子的八寶範。

只見八寶範像下了大決心一樣，説：「丁大總統，這樣吧，如果你能幫我找到我想吃的這幾個菜，我就和你簽訂互不侵犯條約，從此之後，兩國世世代代和平共處。」

「啊，真的？！」丁大總統沒想到幸福來得這樣

容易，只不過是做個菜嘛，還難得過打仗嗎？他連那幾道菜的名字都沒問，就拍拍胸膛說，「行行行，包在我身上。剛好最近國內舉辦廚藝大賽，各地名廚雲集京城，明天上午我把他們叫來總統府宴會廳，你想吃什麼菜直接跟他們說。」

「啊，那太好了！」八寶範沒想到事情能這麼順利，高興得從椅子上跳了起來。

丁大總統向來爽快不拖沓：「好，那明天下午四點，總統府宴會廳，不見不散。」

八寶範跟丁大總統一擊掌：「不見不散，耶！」

曉星聽完丁一的講述，問道：「那你知道八王子想吃的那幾道菜的名字嗎？」

丁一眨眨眼睛，說：「不知道，爹爹也沒問。」

「沒問？」曉星撓撓頭，心想這個大總統有點不靠譜哦，要是八王子說要吃龍的肝、鳳的膽，那怎麼辦，於是他擺擺手，說，「那我幫不了你。」

「啊，為什麼？！」丁一失望得快哭了。

曉星慢悠悠地站起來，說：「連菜名都不知道，我不打沒把握的仗。」

曉星不是不想幫忙。這事不但是幫大總統，也是

幫大食人共和國國民，為和平出一分力，很應該啊！

可是，他會做的菜本來就不多，剛好會做的都是這大食人共和國沒有的，他才可以充一下天才小廚師。八王子遍尋不到的幾道菜，自己八成不會，才不去出這個醜呢？

「嚶嚶嚶，你見死不救……」丁一用手捂住臉。

曉星饒有興趣地盯着她：「一點眼淚也沒有。」

「你！」丁一放下手，氣鼓鼓地瞪着曉星。

自己那不靠譜的爹爹，連人家要吃的菜名都沒問，丁一心裏早有點不踏實，萬一那幾道菜真的很難做，大食人共和國的廚師都不會，那就糟了。偏偏她老爹信心十足。

本來找來天才小廚神，以防萬一，可曉星卻又不肯幫忙。

曉星站起身：「好啦，我走了，忙着呢！」

「別走！」丁一抓住曉星的衣角，「爹爹說了，誰能做出八王子想吃的那幾個菜，他就封他為國民廚神，還答應他一個願望。」

曉星心裏咯噔一下。若自己封為國民廚神，便可以在小嵐姊姊面前厲害一回，不錯哦！不過，最吸引

人的是——能讓大總統答應自己一個願望！

　　天上掉雞腿了！大大大大的好事啊，那就可以讓大總統把趙恆赦免了！

　　「好，我去！」丟臉就丟臉吧，萬一真的瞎貓碰上死老鼠，自己會做八王子那幾道菜，那趙恆就有救了。

第十八章
遇見小嵐

上午十一時，大總統府宴會廳。

曉星去到時，只見偌大的宴會廳，最靠近小舞台處，有十幾張桌子已經坐滿了人。而最前面的一張大圓桌子空着，應該是留給重要來賓的。

小舞台上擺放好了一張約有五米長一米闊的長桌子，長桌子後面站了十多二十名身穿白色制服、頭戴高帽子的大廚。他們分成兩排站着，神情興奮又緊張。

來京城參加飲食界廚藝比賽，卻沒想到還會幸運地遇上這樣的驚喜——只要做出八王子要求的菜式，就可以被封為「國民廚神」，還可以讓大總統答應自己一個願望。

那可是比廚藝比賽拿到冠軍厲害上好多倍的榮耀和好處啊！

大廚們已經第一千零一次地在幻想着自己獲勝

後，獲封廚神和大總統實現自己願望的激動一刻。

曉星悄悄站到了廚師隊伍的末位，剛站好，就見到大總統和八寶範，還有雙方一些官員進來了。丁一也跟在大總統後面，她一進來就往廚師隊列中瞧，好像要找什麼人。

等所有人落座之後，主持人就請丁大總統講話。

丁大總統大概四十歲上下年紀，相貌堂堂的。當然了，能生出丁一這麼漂亮的女兒，當爹的就肯定不會是醜八怪。

丁大總統站起來，清了清嗓子，說：「各位大廚師，今天你們是主角，希望你們都能大顯身手，弘揚我們國家的美食文化。八王子見識多廣，對美食文化認識很深，他有三道菜式聞名而未能見到及嘗過，所以他很想各位幫他圓這個夢，大家有沒有信心？」

「有！」廚師們異口同聲答道。

廚師們躍躍欲試。他們都在想，大食人共和國的飲食文化，比起大鑊國不知先進多少倍，八王子沒吃過的東西多着呢，他要求的菜式相信不難做。所以，一定要醒目點，在菜名報出時，第一個舉手。

大總統也想早些做出八王子要求的菜，好讓兩國

能重開談判，早日解決邊境問題。於是長話短說，簡單說了幾句鼓勵說話，就請八王子報出那三道菜的菜名。八王子玩神秘，之前連大總統也不知道那幾道菜的名字呢！

八王子站了起來，說：「請大家聽好了……」

廚師們虎視眈眈盯着八王子，隨時準備舉手。

八王子繼續說：「這三道菜是──，這三道菜是『雪壓金字塔』、『心痛的感覺』、『獅子吼』。」

幾隻想搶閘已經舉起的手放下了，人們面面相覷。

「呃？『雪壓金字塔』、『心痛的感覺』、『獅子吼』？這是什麼菜呀？全都沒聽過！」

連丁大總統都愣在當場。說起來他也喜歡品嘗美食（原來丁一的吃貨基因來自他老爹），吃過的菜式何止上百，但從來不知道有這幾道菜。

曉星不敢作聲，在烏莎努爾王宮，吃過的美食數不勝數，但什麼「雪壓金字塔」，什麼「心痛的感覺」、「獅子吼」，他真的沒聽說過。

曉星有點泄氣，這回沒法幫桐桐救出她老爹了。

他瞅瞅一個個摸不着頭腦的大廚們，瞅瞅發愣的

丁大總統，又瞧瞧失望的八王子，看來沒有人會做這三道菜呢！

突然眼睛被什麼閃了一下，又一下，刺得他眼睛生痛。是誰搞的惡作劇？！

趁閃光掠過的空隙，曉星找到了元凶，原來是丁一搞的鬼！她用手裏拿着的一個什麼東西，把陽光反射到他臉上。

見到曉星注意到自己，丁一使勁朝曉星眨眼睛，提醒他「出聲呀出聲呀」。

曉星瞪了她一眼，自己不會做，出什麼聲？

「哼，好笨，太容易了！」曉星旁邊不知什麼時候站了一個人，那人嘟噥了一句。

聲音好熟。曉星扭頭一看，不禁目瞪口呆。那人彷彿發現了有人在注視自己，也看了過來，也愣了。

「小……」

「曉……」

曉星身邊的人，竟然是失散多時的小嵐！！

「嗚……」曉星拉着小嵐的手，好想哭，「小嵐姊姊，你怎麼找到這裏來的？」

小嵐也很激動：「我本是報了名參加飲食界廚藝

比賽的，因為參加的人可以有免費食宿，好解決我沒錢的問題。沒想到大總統又要找人給大鑊國王子做菜，還能滿足一個願望。所以我想碰碰運氣，萬一成功了，就讓大總統幫忙找你和曉晴。」

「剛剛進來時怎麼沒看到你⋯⋯」

「剛上了趟洗手間，回來就隨便站在隊尾，沒想到⋯⋯」

兩人正在盡訴別離情，卻聽到八寶範着急地喊了起來：「你們倒是說句話呀，會做，還是不會做？」

大廚隊伍還是沒人出聲，每個人心裏都在暗暗叫苦——咱真的不知道怎麼做呀！

「太讓人遺憾了！」八寶範失望地站起來，對代表團的人說，「走吧，我們再去尋這三道菜。」

大總統急了：「八王子，那談判的事，什麼時候恢復？」

八寶範無精打采地說：「等我的病好了再說。」

大總統急了：「什麼？！要是你的病一直不好，那豈不是⋯⋯」

「誰說沒有人會！」一把清脆的女孩的聲音，在偌大的宴會廳回響着。

聽在所有人耳朵裏，簡直有如天籟仙音。

丁大總統眼睛睜大了，天哪，多好聽的聲音，多美妙的一句話，難道是救苦救難的小仙女來救我嗎？

八寶範的眼睛睜大了，終於有人知道這道菜了。

廚師們的眼睛睜大了，大食人共和國飲食界不用蒙羞了。可以揚眉吐氣了。

曉星開心了，有小嵐姊姊，不用怕。果然是天下事難不倒馬小嵐啊！

所有人都金睛火眼的尋找說話的小仙女，很快發現了站在第二排的小嵐。

「請、請這位小仙女到前面來。」丁大總統激動得有點結巴。

小嵐拉着曉星的手，走到前面去。

看見從一班油光滿臉、胖呼呼挺着大肚腩的大廚裏走出的小美女，八寶範都有點不相信自己眼睛，她真是廚師嗎？

「喂喂喂！」曉星湊近八寶範，抬手在他的眼睛前面揮了幾下，「醒醒，醒醒！」

「噢！」八寶範清醒過來，有點不好意思，「小仙女，你真的會做這些菜？」

小嵐毫不猶豫地說：「當然！」

「那太好了，麻煩你馬上做。」八寶範口水流出來了。

「可以。」小嵐答得很乾脆。

「來來來，廚房就在那邊，裏面什麼食材都有。我帶你們去。」丁大總統見到希望在眼前，不禁眉開眼笑。

「我也去。」八寶飯想親自見證那三道菜式的誕生，也想跟着去。

「你們會防礙我們做菜的。你們留在這裏，我們一個小時內就能做好。」小嵐表示了「謝絕參觀」的意思。

一個小時內？一個小時內就能做好三道菜？所有人都感到不可思議。

八寶範搓着手，高興極了：「好好好，我就等着你們的美味佳餚！」

「拜拜，我們去做菜囉！」小嵐拉着曉星的手，兩人朝廚房走去。

曉星有點疑惑地問：「小嵐姊姊，這三道菜我連聽也沒聽過呀，你是怎麼知道的？還會做呢！」

小嵐敲了他腦瓜一下，説：「笨蛋，反正誰也沒見過，咱們做出符合菜名的菜出來，不就成了嗎？絕對不會有人説個不字的。」

曉星摸摸腦袋：「哇，小嵐姊姊真聰明！那小嵐姊姊想好怎樣做了嗎？」

小嵐無比自信地説：「當然想好了。」

於是，小嵐告訴曉星，第一道菜，這樣這樣；第二道菜，這樣這樣；第三道菜，這樣這樣。

曉星拍手大笑：「哈哈哈哈，就這樣這樣。」

説着話就走進了廚房，兩人趕緊找需要的食材。

廚房裏各式工具齊備，食材也應有盡有。兩個人高高興興地挑着需要的東西。

曉星突然想起了什麼，對小嵐説：「小嵐姊姊，有事想徵求你同意。我和姊姊流落到這裏，被壞人誘騙賣到了副市長趙恆府中做僕人。幸好趙副市長人很好，待僕人不打不罵，還能吃飽穿暖，我們才有了落腳之地。但不幸趙副市長早前被間諜案牽連，無辜入獄，還被判死刑，不能赦免。他夫人已經去世，留下四個小兒女很可憐。我這次來，就是希望成功後讓大總統赦免趙副市長……」

小嵐不等他說完，便說：「行行行，沒問題，這樣的好人應該出手相幫。」

曉星大喜：「謝謝小嵐姊姊！」

說話間，兩人已經把需要的食材挑得差不多了。令小嵐驚喜的是，竟然在雪櫃裏發現了幾隻用荷葉包裹着的方方正正的糯米雞。

「哈哈，我的運氣不錯哦！正想着用什麼東西來做金字塔呢，沒想到有現成的。」小嵐拍拍手，眉開眼笑地拿起一隻糯米雞，「我們把它揑成三角形就可以了。」

「沒想到這異時空也有糯米雞！」曉星感到很意外。

糯米雞是中國廣東地方特色點心的一種，非常好吃。製法是在糯米裏面放入雞肉、叉燒、排骨、鹹蛋黃、冬菇等餡料，然後以荷葉包裹，隔水蒸熟。

曉星煞有介事地點着頭：「萬卡哥哥常說小嵐姊姊是小福星，果然沒錯！」

「開始製作。」小嵐捋起袖子。

「是，大廚姊姊！」曉星大聲答應。

兩人先把幾隻糯米雞解凍了，解開一隻，看看糯

米裏面的餡是否跟中國的糯米雞一樣。咦，兩人失望了，太不一樣了！

中華美食的豐富多彩真不是別的地方能比的，這大食人共和國的「糯米雞」，原來只是一包用荷葉包裹着的米飯！

小嵐説：「好吧，我們就做一件好事，把中國的糯米雞介紹給這裏的人吧！」

曉星挺挺胸，自豪地答道：「是！」

小嵐和曉星合作得很好，兩人把需用的餡料炒熟，放在糯米中間，然後再用荷葉包裹好。小嵐吩咐曉星：「放進鍋裏，隔水蒸二十分鐘。」

曉星問：「還要蒸？米飯和餡料不是都是熟的嗎？」

小嵐説：「再一起蒸蒸，是為了讓餡料的味滲進米飯……」

曉星一拍大腿：「噢，我明白了！」

第十九章
心痛的感覺

剛好一個小時，曉星和小嵐一人捧着一個盤子，盤子上蓋着一個金色的蓋子，從廚房出來了。

「來了來了！」宴會廳裏的人虎視眈眈地看着。

小嵐和曉星把手中盤子放在長桌子上，曉星說：「現在由我來揭曉第一道菜，登登登凳——雪壓金字塔。」

萬眾期待中，曉星把金色蓋子一揭，露出裏面用白色碟子裝着的菜——一隻三角形的用米飯做成的東西，頂端尖尖的地方撒上了白色沙糖。

「哦？」發出一片驚叫聲。

「哇，三角形，真是金字塔呢！」

「頂尖白色，代表雪，沒錯，果然是雪壓金字塔啊！」

「不過看上去就是一團米飯，上面灑了些白糖，吃起來可能不會很好吃哦！」

171

「管它好吃不好吃，反正外形沒錯，就是雪壓金字塔，八王子也不能賴賬！這小姑娘真聰明，早知道這樣也可以的，我就去做了。」

「這這這這這……這就是雪壓金字塔？！」八王子傻傻地看着碟子上的東西，「我心目中這道菜不會這樣簡單的！」

小嵐看着他：「好啊，那你把不簡單的雪壓金字塔做出來。」

八王子囁囁嚅嚅地說：「我如果會的話，就不用找你們來做了。」

小嵐自信滿滿地說：「對啊，你不會做，我們會做，所以你沒資格質疑我們。不會錯的，這就是雪壓金字塔。」

八王子無話可說，的確，他根本不知道「雪壓金字塔」這道菜是什麼樣子的。他只好說：「好吧，我接受！」

嘩啦啦，一片掌聲。雖然做出這道菜的人不是自己，但是牽涉到國家尊嚴，要是有着悠久歷史的大食人共和國被難住了，那多沒臉啊！

曉星把雪壓金字塔送到八王子面前，說：「八王

子，請品嘗。」

八王子坐了下來，用刀子把粽子切開。

一陣濃郁的香味馬上散發出來，在場的人都愣了，原來不是一團米飯那麼簡單！米飯裏面包着無比豐富的內容啊！仔細看看，有雞肉，有冬菇，有鮮筍，有鹹蛋……

「哇，原來飯團可以這樣做！絕了……」

「以後我們的荷葉飯包，就可以放這些餡料！」

「我們好笨，荷葉飯包有了幾十年，只會在米裏放進油和鹽，怎麼就沒想到，可以放進餡料呢！」

大廚們在議論紛紛，這邊八王子早就被香味惹得口水直流，心想這雪壓金字塔不愧是名菜，自己剛才還瞧不起它呢！幸虧沒有錯過。八王子眼冒光芒，他舉起筷子，夾了一些米飯和餡料，送進嘴裏，他細細品着味：「哇，真的很好吃啊！」

八王子快速地嚥下，又夾了些放進嘴裏。

大總統眼睛笑彎了，覺得國家安全問題已向好的方面進了一步。丁一早按捺不住，拿着筷子和小碗走過來，不由分說把雪壓金字塔撥了一些進碗裏。

八王子見了，用手把面前碟子蓋住，含混不清地

說：「我的，我的！」

大總統見八王子和丁一吃得高興，忍不住也從丁一碗裏夾了一些放進嘴裏，舒服得瞇了眼：「還真不錯哦，得把這雪壓金字塔列入總統府的菜單。」

曉星把那被八王子舔得乾乾淨淨的碟子收起來：「謝了，連碟子都不用洗了。」

曉星收走碟子後，小嵐揭起了第二道菜的蓋子，把裏面的一碟菜捧到八王子面前的桌子上：「第二道菜，請嘗嘗。」

八王子看了看，見是塊雪白的豆腐，上面澆了濃汁，還撒了葱花，聞起來有一股豆香：「這是哪道菜？」

小嵐說：「你先嘗嘗，我等會兒告訴你。」

八王子拿起筷子，夾了一小塊放進嘴裏：「很滑，味道不錯。不過一點不特別。」

小嵐說：「這道菜是要付款的，盛惠一百銀元。」

「一百銀元？！」八王子嚇了一跳，「就這麼一塊豆腐？要一百銀元？」

小嵐一點沒人情講：「就是要一百銀元，誰叫你

不問就吃。吃過一口都要給錢的。你不是連一百銀元也沒有吧？還是王子呢！」

小嵐使出了激將法。

「哪裏！我有錢，給你就是。」八王子氣呼呼地拿出錢包付錢。

曉星用手虛擬出拿着錄音話筒的樣子，問八王子：「請問八王子，你對這道菜是什麼感覺？」

想到吃塊豆腐就得付一百銀元，八王子氣呼呼地回答說：「心痛的感覺。」

曉星笑嘻嘻地說：「恭喜你，答出了這道菜的名字。」

「啊！」八王子傻了，「這道菜就是『心痛的感覺』？我不同意！」

曉星說：「想撒賴呀！是你剛剛親口承認的。」

八王子愣愣的，心想好像有什麼不對，但又不知道問題在哪裏，自己面對這道菜，真是有一種心痛的感覺啊！

「好吧，我接受！」八王子無可奈何，只好認了。堂堂王子，不能說話不算數的。

嘩嘩嘩，又是一陣熱烈掌聲。丁大總統的眼睛笑

得更彎了。

不吃白不吃，自己可是要付一百銀元的呢！八王子大口大口地吃着豆腐。丁一見了，心想一定很好吃哦，別讓八王子一人吃光了。於是，又過來搶吃。就這樣你爭我搶的，很快吃光了，連大總統也沒搶到一口。

「真的那麼好吃嗎？」曉星嘀咕着。

「其實真沒有啥特別的。一塊普通的豆腐，上面淋了由醬油、糖拌成的汁而已。我這種水平，能做出什麼好菜呀！」小嵐聳聳肩，說，「你快去把第三道菜拿出來。」

「Yes！」曉星應了一聲，跑進了廚房。

八王子吃完豆腐，想想那一百個銀元，心裏挺鬱悶的，便粗聲粗氣地喊道：「不是還有一道『獅子吼』嗎？快，快拿來！」

「來了！」曉星匆匆走出來，把手裏捧着的盤子往八王子面前一放。

「這就是最後一道菜『獅子吼』？不知道是什麼樣子的。」

「難道真有隻獅子？」

「廢話！」

人們議論紛紛的，都不眨眼的盯住那個金色蓋子蓋着的菜。

「登登登凳，獅子吼來了！」曉星大喊一聲，揭開了蓋子。

一個足有四寸高的大包。大包是由三片麵包中間夾着肉、雞蛋、蔬菜做成的，那明顯是一個漢堡包，名叫巨無霸的漢堡包。

「嘩！」所有人都對着大包發出驚歎。

這個時空裏，是沒有漢堡包這種食物的，人們從沒見過這麼大的包子。

看上去很好吃哦！八王子怕被丁一拿走，先下手為強，捧起大包，這麼大的包子他不知從哪下口，便問：「怎麼吃？」

曉星說：「把嘴巴張大，然後，咬……」

八王子聽話照做，嘴巴張得大大的，然後一口咬下去……

咂咂咂，真好吃！八王子滿意地把那一大口吞進去，才想起問：「這個包子就是獅子吼？為什麼叫獅子吼？」

小嵐慢條斯理地説：「你剛才張大嘴巴咬包子的樣子像什麼？」

八王子學着咬包子的樣子，張大嘴巴。小嵐説：「獅子吼叫的時候，不就像你這樣，把嘴巴張得大大的嗎？」

「像，像，真像！」其他人都點頭表示贊同。連八王子的幾個隨從都不住地點頭。

「哦，我明白了！」八王子也沒再計較菜名，又用獅子吼的模樣把漢堡包咬了一大口，津津有味地吃着。

「喂──」有人指着他抗議。

是丁一，她氣急敗壞地盯着八王子手裏的包子，跳着腳。八王子轉身去，不讓她看到包子。

「喂──」丁一沒法，只好對曉星怒目而視。

曉星無奈地説：「你自己去廚房拿吧，我在裏面留了一個……」

曉星話沒説完，聽到嗖的一聲，眼前就沒人了。丁一早一溜煙地跑去了廚房。

八王子把整個漢堡包吃光光，才舒了一口氣，説：「這獅子吼，真好吃。」

大總統不失時機地插話：「八王子，三道菜都做出來了，你該實踐諾言，重開談判，簽署撤軍聲明了吧！」

八王子舔舔嘴唇，說：「嗯，除了那盤豆腐令我心痛了點，雪壓金字塔、獅子吼都不錯。好吧，明天上午，重開談判，簽署和平條約。」

「好！好！」丁大總統高興得哈哈大笑起來，他對小嵐說，「小姑娘，能把三道聞所未聞的菜完成得這樣出色，真不愧是『國民廚神』啊！稍後我把證書蓋上總統印章，就派人送給你。還有，我得實踐諾言幫你們做一件事，你們想好了嗎？」

小嵐和曉星互相看看，小嵐說：「曉星，你講吧！」

「好的。」曉星正要開口請丁大總統釋放趙恆，忽然，他的眼睛又再被一道強光閃了一下。

又是丁一那小壞蛋，吃飽沒事幹，又用手裏的什麼東西來反射陽光，晃曉星的眼睛。

「時空器！」小嵐突然激動地喊了一聲。

「啊！」曉星愣了，「時空器？在哪裏？在哪裏？」

「那女孩手裏拿着！」小嵐緊張地指着丁一説。

曉星定睛一看，小嵐説得沒錯，他們丟失在這異時空的那個時空器，正被丁一把玩着，她剛才就是用時空器光滑如鏡的底部，把陽光反射到曉星臉上的。

來到這時空後，曉星一直為時空器的丟失而惱懊着，沒想，是到了那小傢伙手裏。

這時，丁大總統又再問：「想好沒有，想要我答應什麼？」

曉星和小嵐你看我，我看你，一臉的糾結。本來可以向丁大總統提出要時空器的，他們立了這麼大的功勞，相信丁大總統會答應。

　　可是，趙恆怎麼辦？他可是判了死刑的，不久就要執行。桐桐幾姊弟不能沒有爸爸……

　　可是，如果不能要回時空器，他們就回不了現代。

　　怎麼辦？真是愁死了！

　　糾結許久，久到等待回答的丁大總統都快要睡着了，小嵐才歎了口氣，對曉星說：「先救人！」

　　「嗯！」曉星點頭同意。

　　曉星對丁大總統說：「我們想請求您，赦免一個人……」

第二十章
唉，女孩子真難哄

「爹爹！」

「爹爹爹爹⋯⋯」

在一片喊爹爹的聲音中，趙恆張開雙手摟住自己四個兒女，痛哭失聲。他以為自己這次死定了，沒想到還有跟家人團聚的一天。

小嵐和曉晴曉星，還有楊伯、胖姑等人，站在一旁看着，唏噓的唏噓，流淚的流淚，也都一致地為那一家子能團圓而高興。

過了很長時間，趙恆才哄好四個子女，叫人來給他們洗去臉上的淚痕。

他自己就走到小嵐等人面前，作了一揖：「趙某感謝幾位小友救命之恩！感謝你們照顧我的兒女，讓他們生活無憂⋯⋯」

小嵐說：「趙叔叔不必客氣。種善因，得善果，這是你用善良換來的福報。」

趙恆説：「要的，要的，大恩不言謝，今後你們就留在我府中，讓我好好地照顧你們吧！」

趙恆説完，又向楊伯和胖姑等人道謝：「謝謝你們在我落難的時候，不離不棄，支撐着趙府，照看我的子女。今後，我們就像一家人一樣生活。楊伯，我會負責給你養老的；胖丫頭，你出嫁時，我會像嫁女兒一樣，給你辦嫁妝……」

胖姑高興得跳了起來，不過因為太胖只跳了一厘米左右，她大喊道：「噢耶，老爺會給我辦嫁妝，這下我不愁嫁不出去了！」

楊伯卻是慌忙耍手搖頭：「老爺別折煞我了，老爺一向對我們那麼好，我們回報老爺，照顧少爺小姐，是很應該的。」

趙恆堅決地説：「就這樣定了。」

當晚，由曉星和胖姑做大廚，做了一桌子菜，趙府眾人慶祝趙恆脱離苦海，逃出生天。

小嵐用自己天大的功勞，換得趙恆特赦，免除死刑、恢復自由。雖然被開除公職，而且之前從趙府抄走的財物，也沒有返還，但有飯館在，好好經營，一家人完全可以衣食無憂。

趙恆親眼看到飯館的興旺，忍不住又再向曉星致謝，要不是曉星出謀劃策提議開飯館，那他即使撿了一條命，出獄後也得面對生活拮据，無力養活一家的困境。

　　大團圓結局，皆大歡喜！

　　不過，現在輪到曉星煩惱了。讓他發愁的那件事，就是怎樣才能哄好丁一！

　　小嵐和曉晴把要回時空器的任務交給他了，他不是最會哄女孩子的嗎？該是大顯身手的時候了！

　　可是，丁一不是個純粹的女孩子啊，她是個小魔怪。曉星不管是明着要，或者是哄着要，丁一都不肯把時空器給他。儘管她根本不知道這撿來的怪東西是有什麼用的，反正滑滑的，亮亮的，上面還有一個個按鈕，可以像彈鋼琴一樣按着玩。還可以當鏡子照，可以用來打人，可以用來晃人眼睛，可以……反正很多玩法。

　　每當丁一用小手指在上面亂按的時候，曉星都提心吊膽的，擔心這小魔怪按着按着把自己送去什麼別的時空了。

　　「喂，我最後問一次，你怎樣才肯把『亮晶晶』

給我？」曉星十分無奈。

丁一給時空器起了個名字叫「亮晶晶」。

丁一眨眨眼睛，説：「這個嘛……我生日快到了，如果你送給我的禮物讓我滿意的話，我就把亮晶晶給你。」

「好，一言為定！」曉星又問，「那你喜歡什麼禮物？」

「這禮物要好吃，好看，色彩繽紛的，香噴噴的，我從沒見過的……」

「好吃，好看，色彩繽紛，香噴噴，你從沒見過？啊，你分明是刁難人。世界上有這樣好的東西嗎？」曉星氣呼呼的。

「像亮晶晶這樣的好東西，當然要用很稀罕的東西來換了。」丁一得意地把時空器朝曉星晃了晃。

「氣死我了！」曉星暴走。

「幹嘛呢？」在飯館門口碰到小嵐和曉晴，她們見曉星一副受氣包樣子，便問。

曉星怒氣沖沖地説：「那小魔怪氣的。她説讓我送一件生日禮物給她，要是讓她滿意了，就把時空器給我。」

曉晴問道：「她想要什麼樣的禮物？」

曉星說：「她說要好吃，好看，色彩繽紛的，香噴噴的，她從來沒見過的，這不是有意為難嗎？」

「好吃，好看，色彩繽紛的，香噴噴的，從沒見過……」小嵐沉思着，突然眼睛一亮，「有了，有符合這條件的生日禮物！」

「是什麼？」曉星和曉晴異口同聲問。

「我們親手給她做一個生日蛋糕！」小嵐說。

「哇，果然是天下事難不倒小嵐姊姊啊！」曉星一拍腦袋，「嘖，我怎麼就沒想到呢！大食人共和國雖然也有生日蛋糕，但那蛋糕只是光禿禿的一個大圓餅，沒有一點裝飾物。對對對，就做一個生日蛋糕給丁一，保證色香味俱全，給她一個大驚喜。哈哈哈，時空器可以拿回來了！」

打聽到丁一的生日就在兩天之後，三人組便開始準備。先是蛋糕外型設計，提出三個選擇，一是小豬麥兜，二是小熊維尼，三是吉蒂貓。丁一是女孩子，所以最後定了吉蒂貓。

丁一生日那天，三人組從上午就開始準備材料，下午開始製作，到了五點鐘，一個漂亮的、香噴噴的

蛋糕做好了。圍着蛋糕，三個人自我陶醉了一番，哇，沒想到自己手藝那麼好啊，用曉星的話說，這蛋糕美得簡直是「一顧傾人城，二顧傾人國，三顧傾丁一」。

用盒子裝好，三個人一起出發，到總統府去。

到了總統府，僕人開門把小嵐他們迎進去，帶到一間大客廳裏。

客人已經來了不少，老老少少，把接近三千尺的客廳坐得滿滿的，客廳上空掛滿彩紙和氣球，很有生日氣氛呢！

丁一打扮得像個小淑女，被一大班小朋友圍着，正在拆禮物，隨着小朋友「哇……哇……哇……」的驚叫聲，她身邊的禮物越來越多。有洋娃娃，有漂亮裙子，有文具，有項鍊、手鐲、頭飾等等等等，令人眼花繚亂。

「曉星，你來啦！」丁一見到曉星三人進來，忙放下手裏的東西，跑了過來。

她盯着曉星手裏的大盒子，說：「曉星給我帶來了什麼禮物？」

曉星神秘兮兮地說：「這禮物，是生日會開始之

後才能看的。」

丁一性急地説：「我要現在看，現在看！」

曉星耐心地説：「乖啦，生日會一開始，我就會把禮物揭曉，給你一個大大的驚喜。色味香俱全呢，你一定喜歡。」

「哦！」可能是在眾長輩面前，丁一變乖了點。

曉星看了看周圍，説：「我需要一樣工具，用來放禮物的。」

丁一馬上朝一位中年人招了招手：「李管家，你幫幫我這個朋友。」

中年人走過來：「這位小公子有什麼事？」

曉星拉着管家走到一邊，耳語了幾句，管家點點頭，領着曉星從一道側門走了出去。

不一會兒，丁大總統的秘書走了出來，朝客人們鞠了一躬，説：「各位來賓，生日會馬上要開始了，請大家找地方坐好！」

在大廳中間跳玩得開心的小朋友，紛紛各找各媽，回去就坐了。秘書説：「現在有請今天的小壽星丁一小姐出場！」

嘩啦啦的掌聲響起。丁一很淑女地走出來，朝大

家行了一個屈膝禮，說：「謝謝大家來參加我的生日會，希望能給各位一個開心的夜晚。」

秘書說：「下面，由丁小姐的朋友送出生日蛋糕！」

旁邊的側門一開，曉星笑嘻嘻地推着一輛餐車走了出來，餐車上面……

「哇！」客廳裏頓時沸騰了。

好漂亮的蛋糕！

曉星走到丁一面前停住了，丁一嘴巴張得大大的看着蛋糕，心裏又驚又喜。

　　那是一個雙層的蛋糕。第一層由一朵朵奶油做成的紅玫瑰花圍繞着，上面有許多奶油做的小動物——小兔、小豬、小狗、小貓……

　　第二層則被奶油做的白玫瑰花圍了一圈，圈圈中間，有一個穿着綠紗裙的女孩子，在翩翩起舞。

　　「喜歡嗎？」曉星笑着問丁一。

　　丁一興奮得用手按住胸膛，大聲説：「喜歡，太喜歡了！謝謝你，曉星！」

　　剛坐回座位的小朋友，又哄一聲跑了出來，圍着蛋糕跳着、笑着、喊着。他們都很羨慕啊，很妒忌啊，從來沒見過這樣漂亮的蛋糕，丁一你怎麼這樣幸運呢！

　　丁一幸福地笑着，在曉星的指點下，很小心地往蛋糕上切了一刀……

　　大家一定很關心丁一有沒有把時空器還給曉星，當然有了！

　　拿到時空器後，由小嵐執筆給趙恆一家人寫了一封信，然後他們就回自己那個時空了。

他們時不時都會想起桐桐和她的家人，想起貪吃的丁一，還有楊伯、胖姑等人，心裏祝願這些善良的人在異時空裏幸福快樂！

公主傳奇26

公主變身小廚神

作　　者：馬翠蘿
繪　　畫：滿丫丫
責任編輯：龐頌恩
美術設計：陳雅琳
出　　版：新雅文化事業有限公司
　　　　　香港英皇道499號北角工業大廈18樓
　　　　　電話：（852）2138 7998
　　　　　傳真：（852）2597 4003
　　　　　網址：http://www.sunya.com.hk
　　　　　電郵：marketing@sunya.com.hk
發　　行：香港聯合書刊物流有限公司
　　　　　香港新界大埔汀麗路 36 號中華商務印刷大廈 3 字樓
　　　　　電話：（852）2150 2100
　　　　　傳真：（852）2407 3062
　　　　　電郵：info@suplogistics.com.hk
印　　刷：中華商務彩色印刷有限公司
　　　　　香港新界大埔汀麗路 36 號
版　　次：二〇一九年十月初版

ISBN：978-962-08-7376-8
© 2019 Sun Ya Publications (HK) Ltd.
18/F, North Point Industrial Building, 499 King's Road, Hong Kong
Published and printed in Hong Kong